民主主義就是好的嗎？民主主義殺了多少人？這樣的世界正常嗎？

說不定那傢伙是魔王喔

人生要是少了一股想要改變世界的衝勁，就沒有生存的意義了

如果來了一陣凶猛的洪水
我也不想被水沖走
我想變成一棵聳立其中屹立不搖的樹

法西斯到底哪裡不好了？
希特勒虐殺了六百萬人啊

熄燈囉

兒子[illegible]
父親[illegible]
[illegible]臉？

不要相信我！
覺醒吧！

用、

歲今年三十九歲，三十九歲正是墨索里尼取得政權的年紀喔

只要有意志力和金錢，就能推動國家

諸君啊，這股拂撫的
從諸君的未來國度吹來的
透明而純淨的風，感受到了嗎？

說不定那傢伙是魔王喔

人生要是少了一股想要改變世界的衝勁，就沒有生存的意義了

民主主義就是好的嗎？民主主義殺了多少人？這樣的世界正常嗎？

熄燈囉

兒子啊，你為什麼遮著臉？
父親，魔王抓住我了

如果來了一陣凶猛的洪水
我也不想被水沖走
我想變成一棵聳立其中屹立不搖的樹

法西斯到底哪裡不好了？
希特勒虐殺了六百萬人啊

不要相信我！
覺醒吧！

今年三十九歲，三十九歲正是墨索里尼取得政權的年紀喔

只要有意志力和金錢，就能推動國家

諸君啊，這股科技的
從諸君的未來國度吹來的
透明而純淨的風，感受到了嗎？

魔王

Kotaro Isaka

伊坂幸太郎

龔婉如 譯

目錄

導讀

奇想・天才・傳說

張筱森

雖然是篇談論伊坂幸太郎的文章，不過請先讓我稍微離題談一下二〇〇六年的第一百三十四屆直木獎。這屆的大事當然是東野圭吾在五度鎩羽而歸之後，終於以《嫌疑犯X的獻身》獲獎；可說是了卻他一樁心願，也替其出道二十年錦上添花一番。東野連續五度提名五度落選的事蹟，讓日本大眾文壇和讀者之間開始悄悄地流傳著一個聽來有點辛酸的名詞「東野圭吾路線」，意指不斷被提名、不斷落選，然後過了該得直木獎年紀的作家。而東野總算在第六次的提名擺脫了這個看似不太名譽，不過差一步就會變成傳說的不幸陰影。但是在東野終於獲獎的這樣可喜可賀的事實背後，其實也存在著一名極為有力的「東野圭吾路線」候選人，那就是本文主角——伊坂幸太郎。

伊坂幸太郎，一九七一年出生於千葉，畢業於位在仙台的東北大學法學部。小學時和一般小孩一樣閱讀各式各樣的兒童讀物，年紀稍長之後開始看當時流行的國產娛樂小說，如：都築道夫、夢枕獏、平井正和等人的作品，高中時因為看了島田莊司的《北方夕鶴2／3殺人》後，成了島田書迷。而在高中時，因為一本名為《何謂繪畫》的美術評論集，啟發伊坂認為能使用想像力生存是件非常幸福的事情，而小說恰好可以一人獨立從頭開始，自己應該也辦得到；因此他決定在進入大學之後開始創作，再加上喜愛島田的作品，便選擇了寫推理小說。進入大學之後則開始閱讀純文學，尤其喜愛諾貝爾文學獎得主大江健三郎的作品。

也因為他將對運用想像力的憧憬著力於小說創作上，於是各項具有想像力的元素都漂浮在其作品中，如法國藝術電影、音樂、繪畫、建築設計等等，使得讀者在閱讀推理小說的同時，也彷彿看了一場交織著奇異幻境寓言、生命哲思與青春況味的文藝表演。

巧妙地融合脫離現實生活的特殊經歷以及不可思議的冒險活動，一向是伊坂作品的創作主軸，這種奇妙組合，正是伊坂風靡了無數熱愛文學藝術的青年讀者的重要原因。

這樣的他，在一九九六年曾經以《凝眼的壞蛋們》獲得山多利推理小說大獎佳作，不過一直要到二〇〇〇年以《奧杜邦的祈禱》獲得第五屆新潮推理小說俱樂部獎後，才正式踏上文壇。奇特的故事風格、明朗輕快的筆觸，讓他迅速獲得評論家和讀者的熱烈歡迎，不光是在年度推理小說排行榜上大有斬獲。二〇〇三年以《家鴨與野鴨的投幣式置物櫃》拿下吉川英治文學新人獎，二〇〇四年則以《死神的精確度》獲得日本推理作家協會短篇部門獎，更在二〇〇三到二〇〇六年間以《重力小丑》、《孩子們》、《死神的精確度》、《沙漠》四度獲得直木獎提名，可以看出日本文壇對他的期待和重視。

伊坂到二〇〇六年為止總共發表了八部長篇、四部短篇連作集和一篇短篇愛情小說。因為喜歡島田，而決定創作推理小說的伊坂，打從一出道就以推理小說新人獎得獎作《奧杜邦的祈禱》獲得各方注意；然而《奧杜邦的祈禱》卻長得一點都不像讀者們所熟悉的推理小說模樣。伊坂曾經說過，「寫作的時候，我並不喜歡描寫真實的現實生活，而是想寫十分荒唐無稽的故事。」《奧》正是這樣特殊，有著前所未有的奇特設定的一部作品。一個因為一時無聊跑去搶便利商店的年輕人伊藤，意外來到一座和日本本土隔絕一百五十年的孤島，孤島上有個會說話、會預言未來的稻草人優午。優午告訴伊藤，自己已經等了他一百五十年，而伊藤這個外來者將會帶來島上的人所欠缺的東西。留下這般謎樣話語之後，優午就死了，而且還是身首異處、死得相當悽慘。這短短幾句描寫，就能夠看出伊坂作品最顯而易見的特殊之處：「嶄新的發想」，我想很難有讀者在看了這樣奇異至極的開頭，而不繼續往下翻去，畢竟「會講話的稻草人謀殺案」實在太過特殊。而這種異想天開、奇特的發想，就成了伊坂作品中一個非常重要而且難以模仿的特色，在他往後的作品當中都可以看到這樣的特色，以死神為主角的《死神的精確度》便是個好例子。

然而空有奇特的發想，沒有優秀的寫作能力也無法讓伊坂獲得現在的地位。第二作《Lush Life》便是讓讀者更認識伊坂深厚筆力的作品，畫家、小偷、失業者、學生、神、心理諮商師等等眾多人物各自在五個故事線中登場、彼此的人生互相交錯。如何將這五條線各自寫得精采絕倫，而在彼此交錯時又不落入混亂龐雜的境地，最後將所有故事線收束於一個點上。伊坂在敘事文脈構成上展現了高超的操控能力，就像不斷地在本作出現的艾雪的畫一般地令人目眩神迷。複雜的敘事方式中包含著精巧縝密的伏線，並且前後呼應，而此極為高明的寫作方式，在第四作《重力小丑》、第五作《家鴨與野鴨的投幣式置物櫃》中也明顯可見。

筆者和大部分的台灣讀者一樣對伊坂最早的認識來自於《重力小丑》一作，對於本作中那幾乎只能以毫無章法來形容、或者可說是某種文字遊戲的章節名稱印象深刻。但在閱讀了伊坂的其他作品之後，便能夠理解日本文藝評論家吉野仁所指出的伊坂作品的一種極為另類的魅力來源——「將毫無關聯的事物組合在一起」，像是「鴨子」和「投幣式置物櫃」明明是毫無關聯的東西，卻成了小說。或是書名為《蚱蜢》內容卻是殺手的故事，這樣的奇妙組合讓伊坂的作品乍看書名就能吸引讀者的目光一探究竟。而更引人注意的是，這樣看似胡鬧的作法，也散見於每部作品的內容和登場人物的言行之中。在《家鴨與野鴨的投幣式置物櫃》中，主角的鄰居甫一登場就邀他一起去搶書店，而目標僅僅是一本《廣辭苑》!?在《重力小丑》中，春劈頭就叫哥哥泉水一起去揍人。然而在這些登場人物的異常行動，或是令人不由得笑出聲來的詞句背後，其實隱藏著各種人性的黑暗面。《奧杜邦的祈禱》中，仙台的惡劣警察城山毫無理由的殘虐行徑、《重力小丑》中的強暴事件、《魔王》中甚至讓這樣的黑暗面以法西斯主義的樣貌出現。伊坂總以十分明朗、輕快並且淡薄的筆觸，描寫人生很多時候總會碰上的毫無來由的暴力。如此高度的反差，點出了一個伊坂作品世界中的重要價值觀——在面對突如其來的暴力時，該如何自處？該怎麼找出最不會令自己後悔的生存方式？

如果將毫無理由的暴力推到最極致，莫過於「死亡」了，只要是人，難免一死，那麼人類該怎麼和終將來臨的死亡相處？從《奧杜邦的祈禱》中的稻草人謀殺案起，這個問題意識就一直在伊坂作品的底層流動，筆者想隨著此次伊坂作品集出版，讀者在全部讀過一遍之後，應該也都能得出屬於自己的答案。

而在熟讀伊坂作品之後，讀者便會發現伊坂習慣讓他筆下所有人物產生關聯，先出現的人物一定會在之後的作品登場。像是深受台灣讀者喜愛的《重力小丑》兩兄弟，也會在之後的某部作品出現，這樣的驚喜也十足地展現了伊坂旺盛的服務精神。

在文章開頭提到伊坂是極有力「東野圭吾路線」候選人，如實地反應出日本讀者和評論家對於伊坂遲遲不能獲獎的難以理解。但是筆者忍不住想，就這樣成為直木獎史上的傳說，似乎無損於伊坂的成就。畢竟就像日本推理天后宮部美幸說的：「伊坂幸太郎是天才，他將會改變日本文學的面貌。」做為一名讀者，能夠和一位不斷替我們帶來全新小說的天才作家相遇，就是一種十足的幸福。

作者介紹

張筱森，輔仁大學日文系畢業，現於日本某國立大學以留學之名行囤積推理小說之實。

「總之，時代正在改變」

「時代一點也沒有改變。感覺有點荒唐」

《時代正在改變》巴布狄倫

《可惱的年鑑》太宰治

09 魔王

男子蜷曲著背，臉頰鬆弛，眼皮浮腫，額頭布滿老人斑，稀疏的白髮伏貼地往後梳。他緊握著扶把，每當地鐵搖晃的時候，他纖細如木條的雙腿不停抖動，好像隨時都會摔跤似的，當電車速度逐漸恢復穩定時，他露出牙齦凶狠地說：「憑什麼大搖大擺地坐著？以為自己是皇帝嗎？混帳！」

這名老人全身皺得像顆風乾的水果，竟發出如此威嚇的吼聲，我不禁全身僵直了起來。

1

二十分鐘前，我走出與ＪＲ東京車站相通的美術館，擠開雜沓的人群，總算穿過地下鐵的剪票口，跳上了駛進月臺的丸之內線電車。

我找了個空位坐下，正打算閉目養神時，突然聽到：「你不是安藤嗎？」眼前站著我的大學同學。雖然畢業後再也沒見過面，不過才五年不見，他的頭髮已短到幾乎讓人認不得。所以我才沒有馬上認出他來。「原來是島啊！」

下午一點，車內並不那麼擁擠，不過每節車廂裡還是有幾個人手握吊環站著。我旁邊的座位正好空著，島便理所當然地坐了下來。

「你是犯人啊？」我說。

「有人這樣打招呼的嗎？」

「因為你的髮形啊。」我直盯著他的頭髮，「頭髮變得這麼短，我還以為你是犯了罪，打算潛逃到什麼地方去，所以才剪這麼短呢。」

大學時代，不論身邊的朋友好聲好氣地規勸他：「短頭髮比較適合你吧。」或是挖苦他：「你那頭髮看了就難受，拜託你剪了吧、剪了吧！」島還是堅持留著長髮。問他為什麼，也只是得到「這是我身體的一部分，哪能那麼簡單就剪了。」這種敷衍的回答。雖然如此，他的指甲卻總是剪得很短，完全是標準不一。

列車向左傾斜，加快了速度，行進聲慢慢變尖銳了。那聲響非常高亢，宛如激動男人的血壓不停飆升，血液發出哀鳴一般。

「大約兩年前剪的，」島輕描淡寫地說：「終究還是得面對現實，我每天在外面跑業務，留長髮太不方便了。」

「被客戶抱怨嗎？」

「不，是太熱了。」

「原來如此。」我說。五年前的他如果聽到自己的這番話，應該早早就氣餒地先把頭髮剪了吧。「今年夏天比以往熱多了。」

「陽光又熱又刺眼，慘透了。」

「實在是熱翻了。」我說。事實上現在正值七月酷暑，街上的大樓和地面都快被陽光曬得焦黃了。再這樣下去，恐怕就像烤魚一樣整層皮都要掀開來了。

「這就是地球暖化吧。」島喃喃自語著。不知是有意還是偶然間，接著他注意到了車內的垂吊式週刊廣告。廣告上的標題寫著：「眾議院解散！同時舉辦參眾議院選舉。」

「不是我自誇，我從未參加過任何一次投票。」島盯著廣告說。

「不能說『不是我自誇』，而是『說來慚愧』吧。」

「不過啊，你不覺得就算去投票，也不會有任何改變嗎？」

「就是因為大家都這麼想，所以才沒有改變啊。」

「安藤你還是一樣那麼嚴苛啊。」島皺著臉。「不過這次我打算去投票。這可是我的第一次哦。第一次投票呢，感覺好像回到二十歲。」

「怎麼突然想投票了？」

「這個嘛，因為那個犬養還滿有趣的。」

我就知道。——我強忍著差點脫口而出的話。島說的犬養，就是目前在野黨「未來黨」的黨主席。

「如果是犬養，你不覺得他可以對美國暢所欲言嗎？該說什麼就說什麼。」島繼續說：「所謂地球暖化，是二氧化碳造成的吧？CO、CO。」

「是CO_2吧。」

「但是美國卻不致力於降低二氧化碳的排放，太奇怪了吧。」

「你說的沒錯，美國確實對於降低二氧化碳非常不積極。」

「一定要有人出來教訓美國了，叫美國不要繼續這麼囂張。對吧？現在的佐藤，他說得出口嗎？」島說得口沫橫飛，提到現在的執政黨主席，也就是內閣總理大臣時，更是直呼名諱。「沒辦法吧？那傢伙淨裝得一副了不起的樣子，但只出一張嘴，光說不練的總理。」

「不過再怎麼說，未來黨也沒辦法成為執政黨吧？」

未來黨並非在野第一大黨。只有二十席左右的議員席次，終究只是個小黨。

不過，我想到希特勒所屬的國家社會主義德意志勞工黨剛成立時，得票率不到一成，義大利的法西斯黨在第一次選舉中也吃了敗仗。

所以呢？那又怎樣？我問自己，但卻得不到答案。

「沒能力就是沒能力啦，當初大家死馬當活馬醫啊，讓佐藤做了五年，但是景氣一樣沒有變好啊，非得讓執政黨有所警惕不可。所以啊，我這次才想投未來黨。」

電車在鐵軌上奔馳的震動，使我的臀部也跟著輕微地搖晃了起來。

「犬養今年三十九歲，你知道嗎？」我發覺自己的聲音超乎想像地大。

「你是說他很年輕嗎？年輕有什麼不好？」島說：「那些沒有未來可言的老人，有能力思考未來嗎？不管時空如何轉變，有能力思考未來的，總是年輕人啊。」接著又說：「對政治人物來說，未來就等於晚年啊。」

島這番話出乎意料地說得非常流利，而且總讓人覺得好像在哪裡聽過。

「你記得嗎？這是你念書時說過的話啊。『只有年輕人才有資格談論未來！』這不是你說的嗎？還有『未來豈能淪為政治人物的晚年？』那時我們在店裡喝酒，大家正在和女孩子討論滑雪的事情，只有安藤你一臉嚴肅，叫我們『用用你的腦啊』，煩死人了。不管說什麼，你都要大家用腦。」

「確實是。」這一點我到現在仍然沒變。我喜歡考察。如果有人誇張地說我的人生就是考察，我也願意相信。「小時候我看過一部電視連續劇，主角是一名美國人叫做『馬蓋先』。」

「安藤你也曾經有過那段過去啊。」

「那部連續劇叫做《百戰天龍》。馬蓋先總是能將身邊的道具變為和敵人對抗的武器，應該說他頭腦非常靈活。這個主角每次遇到困難時，就會對自己說一句話。」

「說什麼？」
「就是『用用你的腦啊』，馬蓋先總會對自己說：『用用你的腦啊，馬蓋先。』」
「想不到這個冒險野郎還滿會自我反省的嘛。」（註一）
「劇情大綱我已經完全不記得了，但卻常常想起主角這句臺詞。用用你的腦啊。」
「這讓我想起一件事，有一次我對班上女生說你是熱愛考察的考察狂，結果她們誤以為是絞殺狂呢（註二）。」
「啊！」我不禁大叫，轉向右邊盯著島說：「難怪！」
「難怪什麼？」
「難怪我總覺得系上的女生從某個時候起便刻意與我保持距離。我還以為自己太敏感了，原來大家以為我是勒頸魔啊？」
「這有什麼關係？」島輕鬆地說：「像我，大家都說我喜歡巨乳、喜歡高中女生，所以女孩子總是一臉厭惡地看著我，真是悽慘啊。」
「這也是事實吧。」
「總而言之，我只是想告訴你，我並不覺得你整天考察很令人討厭。甚至可以說我

註一：百戰天龍的日譯片名爲《冒險野郎MacGyver》。
註二：日文中的「考察」和「絞殺」同音，讀爲KOUSATSU。

曾經受到你的影響，我不討厭你的想法哦。」

「什麼想法？」

「就算是亂搞一場，只要堅信自己的想法，迎面對戰……」

「迎面對戰？」

「這麼一來，世界就會改變。這不是你說過的嗎？那時你老是嘲笑我們嘴上無毛，現在想想，其實這樣也不錯。人生要是少了一股想要改變世界的衝勁，就沒有生存的意義了。」

「以前說了那麼多大話，現在的我也只是個幹勁十足的上班族啊。」

「而我只是個疲憊不堪的上班族呢。」

電車靠站了，發出空氣迅速受到壓縮而排出的聲響。車門打開後，沒有人下車，左邊車門走進了一個蜷曲著背的老人。車上沒有空位，老人若有所求地環望著車內，最後還是只能抓著扶把。

「剛才的話題，我其實並不是說犬養太年輕。」電車啟動後，我對島說。

「我們兩個從剛才就在高談闊論些有的沒的，又是政治，又是未來的。那麼久沒見了，卻光說這些。」島好像已經不想討論這件事了。不過我還是繼續對他說：「三十九歲正是墨索里尼取得政權的年紀哦。」

「墨索里尼。」島嚇了一跳。我心想，也難怪他會嚇到。有誰想得到在地鐵裡和學生時代的朋友閒聊時，會突然聽到這樣一個專有名詞呢？「很久以前那個獨裁者？」

「犬養很像墨索里尼。」

哈哈。島的笑聲聽起來有點刻意，接著露出了然於心的眼神。「難道安藤你感到不安嗎？」

「你指的不安是什麼意思？」

「你是不是擔心在野黨如果大勝，犬養逐漸受到歡迎，會使整個國家走向法西斯政權？對不對？不可能變成那樣啦。」

「為什麼這麼肯定？」

「你果然是這麼想的啊。」島笑了，「跟你說不可能啦。」

島趁勢站了起來。電車逐漸減速，準備靠站。

「先這樣了。」他向後轉過頭去，手舉至肩膀處揮了揮。「我再打電話給你。」緊接著走出開啟的車門，「你還住在那間公寓吧。」

喂！我早就搬家了。

2

三個男人靠了過來，都想搶島下車後空出的位置。一個是剛上車的上班族，或許是正在外頭跑業務，他腋下挾著一個大公事包，拿著手帕擦汗。另一個是名年輕人，身穿花俏的開襟襯衫，頭染金髮，嘴裡像牛似地嚼著口香糖。第三個則是剛才上車那名腳步蹣跚的老人。

最後坐下的是看似跑業務的男子，同時還發出「熱死了」的輕浮嘆息。他將公事包放在大腿上，匆忙地取出裡面的資料。

嚼著口香糖的金髮少年眼見座位被搶走了，嘖了一聲，立刻轉過身子站到車門旁邊。老人則是緊抓著扶把，差點就跌倒了。不過我們之間距離太遠，似乎還輪不到我來讓座。

坐在對面的婦女攤開了早報，第一版的大標題寫著「民調顯示執政黨支持率下降」，旁邊是一篇名為「失業率創歷史新高」的報導。

經濟不景氣原本以為已經探底止跌，沒想到最近又明顯地惡化了。中東地區的衝突持續不斷，使得原油價格居高不下是原因之一，加上進口蔬菜中發現不明病原菌，使得食品業界及外食產業受到了相當大的打擊。政府雖然提出了尚未確認安全性之前禁止進口的方針，但身為出口國的美國和中國，卻不接受這樣的作法，認為日本無根據地限制進口，將對日本求償。

特別是景氣剛顯好轉的時候，衝擊也特別大。這裡並沒有特定指誰，然而包含我在內的全體國民都顯得意志消沉。剛上漲的股票又下跌、剛降低的失業率又開始攀升。不知道該說是被潑冷水，還是衝勁受挫。每個人都露出「本來打算好好打拚一下」的不滿神態，沒想到最後卻只是落得失望。

或許因為如此，整個國內瀰漫著看破、放棄的氣氛，到處充斥著嘆息聲。最近我一直在想，在看破及嘆息之後會是什麼？卻只是讓心情更加低落。

愈來愈接近車站了，車窗外牆壁晃過的速度也逐漸變慢。就像激動的男子慢慢冷靜下來，電車所發出的聲響也變小了。

月臺出現在眼前。電車停止，發出空氣噴射的聲響，打開了車門。車門開了又關，即將啟動前進。乘客上車、下車的畫面再次上演。有七、八個人下車，空出了座位，緊接著上車的乘客再將其填滿。

剛才那名老人附近也有一個座位空了出來，不過馬上被一名男子搶走了。

原來是那名嚼著口香糖的金髮男子。眼看著老人又沒位置坐，我差點脫口說出「真可惜」。不過就在此時，口香糖男身旁的上班族慢慢地站起身來。

或許是金髮男子嚼口香糖那股黏膩的聲響讓他不快，抑或對於沒人讓座給老人這件事感受到良心上的苛責。總之上班族起身離開了座位。

我心想，這下子老人總算有座位坐了。就在我稍感心安之際，期待卻又落空了。口香糖男張開腿，傲慢地仰靠在座位上，把隔壁的座位也占走了。一個人居然坐兩個人的座位，這種行為實在極其沒水準。

蜷曲著背的老人抓著扶把，搖搖晃晃地站著。

列車啟動後逐漸加快速度，耳邊傳來了告知下一停車站的廣播。彷彿是某種沒有人聽得懂的咒語。我不自覺地看著老人的身影，盯著老人的同時，我偷偷觀察著那個嚼口香糖的年輕人。

老人啊，該是發脾氣的時候了。當我這麼想的同時，身旁的上班族再度拿出手帕，抱怨著「熱死了」。我心想，這個站不穩腳的老人應該有權利向嚼口香糖的年輕人反擊。

「如果我是那個老人……」我不由得想像，該用什麼話來對抗那個年輕人呢？

我感覺彷彿進入了老人的體內，自己所在的位置並不是地鐵車廂內的座位，而是前面的扶把旁邊。我像一張皮草似地覆蓋住老人的肉體，兩人身體彼此交疊。我的臉頰輕微麻痺，感到一股吹拂寒毛般的微風，皮膚就像電流通過般抽搐了起來。

大腦中的某個角落告訴我這件事有多麼詭異，我卻仍屏住了呼吸，在無法發出呼喊的腦中大叫：「憑什麼大搖大擺地坐著？以為自己是皇帝嗎？混帳！」

我不知道那一瞬間發生了什麼事，車廂裡一片寂靜，只聽得見地鐵搖晃的聲響。附近的乘客全抬起頭來，眼光看向某一個點。他們看的對象不是我，而是老人。

過了一會兒，我才發現，老人一字不漏地咆哮出我剛才想像的句子了。

3

老人發出的並不是虛弱的低吟，而是鏗鏘有力又果決的言語。

就在我驚訝得闔不攏嘴時，口香糖男站了起來，往隔壁車廂移動。不過我想，驅使他起身的原因並不是羞恥或憤怒，而是因為受到了驚嚇吧。

蜷曲著背的老人若無其事、從容不迫地走上前坐到空位上，彷彿正為了有座位空出來而感到幸運。當我和他的眼神交會時，一度擔心會受到老人的斥責，趕緊避開視線。

當時的我完全無法理解發生了什麼事。只是對於心中的話語與老人偶然發出的怒吼居然一模一樣而感動不已。

直到隔天，我才感覺到不尋常，於是研究起自己所擁有的「能力」。

星期一早上十一點，當時我在公司，坐在電腦前。「你看到這個新聞了嗎？」坐在左邊座位的同事滿智子探出身子，推了推我的肩膀。滿智子大我一歲，留著一頭偏茶色的大鬈髮，高貴的外表看起來就像家世良好的千金，散發著超齡的前輩風格。

我看向右邊，確認課長不在座位上後，便歪過身體，把臉湊到滿智子的電腦螢幕前。「中國東海水質污染　恐將難以復原」幾個字馬上映入眼簾，原來是網路新聞。

「你不覺得很誇張嗎？」

這是一則中國在東海引發紛爭的後續報導。

幾年前中國便在東海中央進行天然氣的開採工程，將開採基地設在緊臨日本海域邊緣，並將輸油管鑽入海底，不計任何後果來擷取資源，可說是非常聰明而厚顏的作法。之前就有專家指出，雖然這些油田設備在日本領土之外，抽取的卻是日本領土內的天然氣。但卻沒有人能證明中國的手段違法，即使能夠證明，面對態度蠻橫無理的鄰國，日本也不曾擬定任何提出嚴正抗議的政策。

佐藤首相今年曾經拜訪中國，卻只得到了安撫小孩般的對應，甚至一度差點遭到驅趕。對此佐藤首相表示：「日本是一個謹慎且有良知的國家。」

小孩吵架以體形及人數決定勝負，所以中國以遼闊的面積和人口獲得壓倒性的勝利。

幾個星期前，東海發生了意外事故。中國設置在海上的設備突然起火崩塌。未能研判究竟為石油或是其他化學物質的燃料流進了海裡，海面上漂滿了大量的受損機器，使得東海受到嚴重的污染。

「原來滿智子對這種新聞有興趣呀？」

「哪一種？」

「就是這種國際新聞。」

「我很在意環保問題的。」滿智子高聳的鼻尖湊上前來。「不過啊，日本再不以堅決的態度生個氣是不行了。」

「堅決的態度？」

「會不會是因為我們沒有武力，所以才被人瞧不起？」

「我想應該是面積和人口輸人一截。」

「就算只是吵架，日本還是占下風啊。」或許滿智子只是故作幽默，我卻不禁大力表示贊同。滿智子接著說：「看來沒有武力還是不行啊。」

這麼說是沒錯啦，但我對此持保留態度。

「你想想看，一個男人不管再會賺錢、再認真，一旦出事了，還是要站出來和人對抗才行啊。現在的日本就好像家人被鄰居欺負了，爸爸還一臉提不起勁的樣子。」

「也對。」我小心翼翼地提出反對意見：「不過，我覺得這樣舉例有點不妥。」同時我已經預想到滿智子一定會問我「具體來說有什麼不妥？」

果然，滿智子馬上接著說：「具體來說有什麼不妥啊？」

「嗯……」我歪著頭，試著說明自己感受到的不協調感。用用你的腦啊，馬蓋先，我不自覺地念著。「比方說，如果隔壁鄰居跑過來把家裡翻得亂七八糟，爸爸的確應該跳出來說『居然到我家來撒野』。」

「所以呢？」

「我的意思是，這樣才正常啊。如果這個時候爸爸什麼都不做，而是對太太和小孩說『去吧，去和敵人對抗！』的話，你覺得怎麼樣？」

「當然是不行啊，這還用說嗎？」

「對吧。」

「這樣是什麼意思？」

「所謂的極權主義，應該比較接近這個意義。」

「欸，安藤啊，話題怎麼變成極權主義了？」她皺了皺眉頭說：「你女朋友一定覺得你滿嘴理論吧。」

「半年前分手的女友曾經這麼說過。」

「下一個女朋友應該也會這麼說哦。」

我想反駁，但終究還是閉上了嘴。

這時課長回來了。課長一如往常走路大搖大擺，滿面油光且皮膚黝黑，看起來魄力十足。他對下屬的工作態度要求非常嚴苛，只要發現有人偷懶，就會生氣地大吼「你給我做好心理準備！」雖然沒有一個下屬知道他說的心理準備到底指什麼，但是只要被課長以低沉的聲音這麼一吼，大家都很想默認地說：「我的確什麼心裡準備都還沒做好。」

「平田。」傳來了課長的呼叫。

「是。」平田坐在我左斜前方，他啞著聲應答後，走到課長的座位前。「有什麼事嗎？」

哪裡會有什麼事？看課長那麼不高興的樣子，一定是要被罵了。

平田是公司裡的老前輩，年約四十出頭，頂著一頭花白的頭髮，瘦削的身子不怎麼高。他的臉上戴著一副度數頗深的銀框眼鏡，幾乎整副陷進鼻梁裡了。五年前我剛進公司的時候，平田是有妻室的人，現在則是單身。

「我都沒聽說！」過了一會兒，課長大吼一聲，旁邊的滿智子身體跟著抖動了一下。

我不由得窺看了一下，只見課長和平田正面對而視，周遭的人包括滿智子，都壓低身子裝作一副認真工作的樣子，但其實都在偷聽兩人的對話。

「我上個星期也向課長您報告過。」平田像往常一樣顯露出懦弱的神態，看起來十分惶恐。

「上個星期？」課長明顯地非常不悅，「你報告了什麼？我又回答了什麼？」語氣像是在警告平田如果沒有一字一句重現當時的情景，就要給他苦頭吃了。

「我向課長報告研發組的時程太緊迫了，課長聽完後指示那還是先請對方暫收，至於部分成品檢測則另定時程進行。」

「我說你呀，在這種狀態下先出貨，你以為客戶會答應嗎？」

「我也是這麼覺得，但是課長您……」

「我怎麼樣？」

「呃，這個……」平田被課長的氣勢壓倒。「課長說這個部分您會出面處理。」

「平田，我真的不知道怎麼說你。」課長刻意嘆了一大口氣。「開口閉口課長、課長的，難道你就沒有責任感嗎？」

課長每次愈是想要說話矇騙人，想要強逼折服對方時，聲音就會愈大。他總是未加深思就妄下豪語，愚弄下屬，等到發生問題時再拉高嗓門大喊：「我不記得說過這些話。」接著再臉不紅氣不喘地說：「不是交給你全權負責了嗎？」

「平田，你最好給我做好心理準備。」課長果然說出這句話。

辦公室裡只聽得見斷斷續續傳來大家無意義地敲打著鍵盤的聲響。

回過神來，才發現滿智子直盯著電腦螢幕，一邊把手伸到我的座位左側，遞了張紙條給我。我接過紙條，滿智子工整的字跡寫著「平田這次應該完了吧」。我心想，「完了」還真是抽象的表現方式啊，不過我完全能理解她想表達的意思。我拿起桌上的原子筆，迅速在下面空白的地方寫上「把事情搞砸的是課長」。

滿智子馬上又傳回紙條。「不過，平田也太沒用了」。

我忍住已經溢到嘴邊的嘀咕，平田或許真的很沒用，但是我不認為我們有資格批評他。我再度看向平田的背影，不知道是不是眼花了，我居然看到他的肩膀不停抖動。

「但，」平田突然音調變得異於平常的尖銳。「但是，」接著又馬上低聲重複：「但是，課長這麼指示也是事實。」

「你這傢伙，」課長的嘆氣聲充滿了侮辱，「不但不會做事，連反省也不會嗎？所以才會這麼沒出息。」

我無法想像課長接著還會說些什麼，只見平田聽著課長的訓，就像失去戰鬥力的殘兵敗將，士氣低落到谷底。

「日本的國民，」我想起某本書上的文章。那是一本講述關於法西斯主義的書，裡面提到：「日本的國民由於充分接受了必須遵守規矩的教育，所以過去並沒有發動大規模的暴動。」此時一字一句浮現在我腦海。第一次看到這些文字時，我贊同地想：「我們的確像是馴養的動物。」

待回過神來，才發現我一直盯著平田的背影，將自己重疊到個頭嬌小又瘦弱的平田身上。我想像自己是平田，並幻想進入平田的體內。我想要藉由他的嘴來痛罵課長一頓，好好治一治平田的劣根性。我的臉頰和太陽穴傳來陣陣抽動，不知不覺屏住了氣息。我在心裡默念：「課長，你這麼說是什麼意思？有膽再說一次看看！」

沒多久，平田也跟著說：「課長，你這麼說是什麼意思？有膽再說一次看看！」

「啊？」我不禁低聲叫了出來。平田一字不漏地說出了我腦袋中所想的話。每個同事都伸長了脖子看著平田，並露出困惑的表情，想知道究竟發生了什麼事情。

我邊想著「不會吧」，同時卻又有點期待並預感將會發生的事。我依照剛才的方法，再次盯著平田的背後，想像自己進入平田的身體之中，屏住氣息，默念著：「少在那裡裝模作樣了，不願意負起責任的主管，憑什麼資格當主管？」

不知道該說一切就如我所願，還是該感到驚訝，平田居然又說出了一模一樣的話。他的聲音聽來一如往常，但我從沒聽過他說話這麼大聲。

所有的人都停下手邊的工作，嚇得一動也不動。就連課長也被這股氣勢懾住，像鯉魚一樣嘴巴一開一闔的。直到滿智子傳過來一張便條紙，我才回過神來。便條紙上只寫著「奇蹟發生了」幾個字。真的是奇蹟嗎？

4

「Good bye!」

當我推著腳踏車走在住宅區的人行步道上，正打算回家時，在路上遇見了安德森。住在木造平房的他經營了一家英語會話補習班。我看了看手表，已經九點多了，他應該是下課時間送學生到門口吧。步道四周滿暗的，只剩下平房裡的燈火泛出微微的亮光。安德森站在門口對著幾個身穿制服的中學生揮手。

「拜拜，安德森。」染了一頭咖啡色頭髮的女學生從他身邊跑了出去。

「明天要去學校哦。」安德森高聲說。

「I hope so!」女學生頭也不回，只是揮了揮手。

「不要以為說英文就可以敷衍我哦。」安德森的日文說得非常流暢，甚至還有一點流裡流氣，聽起來很好笑。

「英語會話補習班的老師可以說日文嗎？」我站在他身邊笑著說。

「安藤桑。」安德森說他在美國時常游泳，所以雖然和我同年，但體格比我健壯，還比我高一個頭，肩膀應該是我的兩倍寬吧。或許是因為皮膚白皙，再加上一頭柔軟的金髮，簡直就是典型的海軍形象。

「生氣的時候說日文比較好。」他的牙齒在夜晚的街頭顯得閃亮。

「那個女孩子都不上學嗎？」

「應該沒有孩子喜歡上學吧。」

安德森幾年前因為工作的關係，從美國來到日本。「我的春天終於來了」是他喜歡的說法。之後他和日本的ＯＬ墜入情網，結婚之後便辭掉工作，開了這家英語會話補習班，並且申請歸化日本籍，於一年前成為日本人。日本政府規定他以姓名發音取了一個日文漢字的名字，但是附近鄰居沒有人記得起來。

諷刺的是，就在他取得國籍的半年後，他太太卻意外從天橋墜落，頭部重創過世。因為意外來得太過突然，大家都不知道該怎麼開口安慰他，不過後來他還是繼續留在這個城市，一如往常經營著英語會話補習班。他曾經對我說過：「『安德森』的發音和

『安藤桑』好像。」我是真心喜歡這個人。

5

「大哥的表情看起來總是好嚴肅哦。」吃飯時，坐在對面的詩織說。她抱住身旁的潤也，像是隻軟體動物纏繞著身體。「對不對？」詩織窺看著潤也的臉色。

已經是晚上十點多了。

餐桌上放著詩織做的炸雞塊，堆得像小山一樣高，雞塊旁的高麗菜絲也一樣堆得很高。混合油香的美味氣味瀰漫著整個家裡。

潤也指著高麗菜絲小山，神情愉悅地說：「哥，你看，岩手山。」

「什麼岩手山？」

「這個高麗菜絲啊，很像岩手山吧？」

「一點都不像。」

潤也很喜歡岩手山，他總是說：「龐大卻不跋扈，看起來很清爽。」

「我哥他呀，總是喜歡把所有的事情想得有點難，這就是他的生存之道。所以才會一臉嚴肅。」潤也對詩織說。「就像鮪魚不游泳就會死掉一樣，哥如果不思考的話，就會死掉。」

「和鮪魚一樣？好厲害！」詩織張大了嘴，佩服地說。

詩織和潤也交往後，這一年多來經常到家裡來玩。她和潤也同年，個性天真無邪，有時候甚至會讓人覺得有點無知。不過我偶爾覺得那是她的偽裝，是個不可思議的女孩。

「從我們小時候開始，」潤也放下筷子，拿起醬汁罐，打開蓋子後淋在眼前的炸雞塊上。他小心翼翼地淋著，淋到每一塊炸雞塊都看不見麵衣了，一股甘甜又濃稠的香味隨之撲鼻而來。「我還記得小學的時候，哥哥那時念國中，常常盯著那個東西猛看。」

「那個東西？」

「就是那個啊，零食裡面都會有的，叫做乾燥劑是嗎？」

「那種上面寫著『不可食用』的東西嗎？」

「對對對，就是那個。我看他總是盯著那個看，結果他居然跟我說：『上面寫著不可食用，不會讓人更想吃吃看嗎？如果什麼都不寫，通常不會想去吃。但愈是禁止，人們就愈想去做，這蘊含著什麼意義呢？就像聞到臭味時，會比平常吸得更用力一樣，到底是為什麼呢？』」

「好複雜哦！」詩織大聲地說：「而且潤也你怎麼記得那麼清楚！」

「我不會念書，只有記憶力還挺好的。」

我從國立大學順利畢業後，就進入了還算有名的企業上班。相對之下，潤也只念完了分數較低（偏差值較低）的高中，畢業後做了很多兼職的工作。不過，他的記憶力和敏銳的直覺卻遠比我強，經常讓我非常驚訝。

「哥就是那種默默思考很多問題的人哦。」

「不過，我覺得人類就是在打破禁忌中成長的。比方說愈是受到禁止，就愈會覺得情色。為人類帶來刺激的動力中，最強而有力的，就是性慾了。也就是說，人類進化中最有利的武器……」我說。

「是什麼？」詩織將整個身子往前傾。

「是好奇心。」我回答道。

「哥，就算不去想這些嚴肅的話題，人還是活得下去的。老是談一些人類什麼時候從樹上走下地面，或是為什麼人類做愛的時候採用男上女下體位之類的，就算我們不知道，還是能平安無事地生存下去啊。」

「是啊，你說得一點都沒錯。」

「啊！」沙織無憂無慮似地抓住了潤也的手臂。「太好了，潤也，大哥剛才稱讚你耶。」

「對啊。」潤也摸了摸耳旁染成咖啡色的鬢髮，滿足地搖了搖頭。我看不出他的語氣是否認真。「太好了，被哥稱讚。」潤也說。

我們的父母死於十七年前的八月。

大家常說他們生前就是一對很相似的夫妻，但就算兩個人相處就像朋友，也用不著在同一天一起死吧。那時正值八月暑假，我們正在回信州鄉下過盂蘭盆節的路上，車子剛上交流道準備加速前進。

突然間，車子打轉了。我們開在高速公路的左側車道上，聽到潤也發出「啊！」的叫聲。「打滑了。」

從後座往前看，只見擋風玻璃外的遠方有一輛兩噸卡車橫躺在地上，還有一輛向前衝撞的紅色跑車。

我回想起的下一個畫面，就是我拉著坐在身旁的潤也，打開了後座的車門。雖然沒有任何根據，但是我直覺地認定駕駛座的爸爸和副駕駛座的媽媽都已經死了。抱著失去意識、緊閉雙眼的潤也，我在腦中不停告訴自己用用你的腦、用用你的腦。用用你的腦，馬蓋先。對了，那時我就已經看過那齣電視影集了。用用你的腦，用用你的腦。失去父母後，我們是不是只能投靠親戚了？是不是非得轉學不可？是不是必須早點出去工作，賺錢養活弟弟？爸媽的銀行存摺放在哪個房間裡？還是小孩的我們可以提款嗎？我想了很多關於今後兩人要生活下去的事情。

「還有呢？還有呢？」詩織催促著潤也。

「還有就是那個啊。跪坐的時候，腳不是會麻嗎？我哥一直覺得那就跟可樂或是其他碳酸飲料一樣。碳酸放久了，氣泡不是會消失嗎？腳的發麻感也是如此。所以他以前覺得可樂一定是用腳的細胞製造出來的，而且還很認真地想過。」

「好神奇哦！」

「聽說可樂的配方是高度機密呢。」我愛理不理地回答。

「還有啊，詩織，妳知道嗎？我哥連在咖啡廳裡，看到隔壁來了個走路蹣跚的老爺爺，都會忍不住流下眼淚呢。」潤也連這件事都說出來了。

「真的嗎？大哥。」

「我不是因為老爺爺很可憐才哭，」我反駁。「是因為想到很多事情，所以才覺得難過。」

6

潤也說的，是大約兩個月前我們一起到日比谷的某咖啡廳時所發生的事。那是家連鎖的咖啡廳，店裡十分整潔，卻也毫無個性可言。那天潤也難得買了電影預售票，但他說詩織不想看，於是邀我一起去。結束後我們走出電影院，回家之前去喝杯飲料。

「為什麼詩織不想看電影？」我邊把玩著手上的果糖球的鋁箔封蓋，邊問潤也。

「她說光是聽到冒失又魯莽的老鳥刑警教育菜鳥伙伴這種故事簡介，就大概猜得出劇情了，所以不想看。」

「詩織的判斷是正確的。」

「不過，最後那個老鳥刑警為了拯救菜鳥，而闖進敵方大本營的那段，你不覺得很意外嗎？」

「那樣哪裡意外了啊。」

「你不覺得意外？」潤也不滿地嘀咕。「標準真高。」

這個時候，一名男子在我右邊的座位坐了下來。他留著一頭白髮，幾乎把耳朵都蓋住了，還看得出他的齒列非常不整齊。

座位與座位之間的間隔很窄，男子像是要把間隔填滿一般慢慢地坐了進去。每一個動作都非常緩慢。接著他想把吸管插進托盤上的冰咖啡裡，但是連續兩次都沒有成功，後來還掉到地上去。我看著吸管掉落的位置。男子不慌不忙地傾斜著身體，伸出不停抖動的手將吸管撿起來，接著彷彿沒發生過任何事似地插進杯子裡。吸了一口之後，面無表情地盯著店內的天花板看。

啊啊！我心裡突然感覺到一股黑色的、像是憂鬱糾結而成的塊狀物，正在慢慢地膨脹，我不禁縮起了脖子。

男子應該已經超過八十歲了，手腕和露出褲管之下的腳踝都很細，似乎也不太在意嘴邊附著了食物殘渣和污垢。他的眼神飄移不定，表情看似失神，嘟起了嘴喝著冰咖啡。他每呼一口氣，或是動一下肩膀，我們就會聞到一股惡臭。

我想，他應該是處於「只是還活著」的狀態。他應該沒有妻室吧，以前或許有過，但是現在沒有。推測是死別，不過沒有太曲折的經過。應該有小孩吧，不知道有沒有孫子。男子穿著很薄的襯衫，甚至看得見底下的膚色。看了看他的鞋子，發現大拇趾一帶已經磨破了。他一個人住。我的腦中又閃過了「就只是行屍走肉地活著」這個形容。

我又想像男子五十年前的模樣。三十多歲的他，是不是和現在差不多呢？

不對。

一定不是這樣。

三十多歲的他，應該身子直挺，皮膚亮得幾近泛著油光吧。他一定在劉海和襯衫的款式設計上費盡心思，只為了博取身邊女性的好感。如果他看到年邁的男性，一定會對著老人吐出同情和嘲笑的口水，還說出「真是個髒老頭，不知道他生存的意義是什麼？像那樣根本只是行屍走肉地活著而已啊！」之類的話吧。

也就是說，結論就是……

這個男人，就是我。還是我能斷言自己五十年後絕對和這個老人不同？不會吧？我嘖了一聲，眼淚就忍不住地掉下來了。

「喂，哥，你在哭什麼啊？」潤也叫了我一聲。等我抬起頭來，發現隔壁的老人已經不在了。

「沒什麼。」

「哥，別難過。只是電影嘛，那個處處護著菜鳥的冒失刑警並不是真的死了啊。」

「不是，我根本不在乎那個刑警。」潤也猜得離譜了，我失聲笑了出來，把「剛才在想的事情」告訴他。

潤也聽完後說：「哥，你真是一點都沒變。」他把玩著馬克杯的把手說：「想這麼多做什麼？五十年以後的事情耶，而且哥你雖然不像我這麼帥，但是外表還算不錯，所以應該會結婚啊，這樣你就不會是一個人了。」

「就算結了婚，總有一天還是會變成孤獨一人。如果自己先死，那就另當別論。剛才那個老人以前一定也有太太，但是現在卻是一個人。你想想看，如果七十歲開始一個人生活，活到九十歲的話就有二十年。在這一段幾乎和我們活到現在的歲數一樣長的日子裡要一個人生活，毫不在意自己的下巴有沒有菜渣，就只是行屍走肉地活著。你受得了嗎？」

「沒想到你打算活到九十歲？哥，你臉皮真厚啊。」

人生要是少了一股想要改變世界的衝勁，就沒有生存的意義了。

我無意間想起島前幾天說的那句話。正確地說，應該是我念書的時候說過的話。究竟我打算以怎麼樣的衝勁活到幾歲呢？

「對了，對了。」潤也突然拍著手，桌上的紙巾被震得微飄了起來。「說到這個，我想起昨天做了一個夢。」

「這和我說的有什麼關聯嗎？」潤也總是不自覺地岔開話題。

「當然嘍。夢裡出現了一本《記載人類死法的書》，就像圖鑑那樣。」

「聽起來應該會滿暢銷的。」

「然後啊，我朋友一直說『你快看，裡面也有你哥哥的死法哦。』」

「你是說在夢裡？」為什麼偏偏是我？

「是啊。不過，這樣不是很恐怖嗎？所以我就跟朋友說不用了，我不想看。」

「不過最後你還是看了吧？」

「因為我朋友說『不是不好的死法，看一下嘛』，我才想，不然看一下好了。」

「然後呢？」

「就像四格漫畫一樣，哥先說了『啊！有狗。』接著走到正在睡覺的狗旁邊，摟著狗一起睡，說了句『突然好想睡』，然後就像睡著一樣死了。」

「那隻狗該不是阿忠（註）吧？」

「我也不知道，不過真是非常安詳的死法哦。」

「你怎麼知道安不安詳？」

「因為最後那格還寫著『這是世界上最安詳的死法』啊。」

「真是簡單明瞭。」

「對吧。所以，你不用擔心。」

「擔心什麼？」

「你以後不會像自己擔心那樣孤獨地死去，哥想太多了。」

「反正，我以後會盡量不要接近狗。」我只是如此答道。

7

「居然會為了一個老先生流眼淚，潤也的大哥真的心地好好哦。」詩織把手肘撐在餐桌上，托著下巴說。

「說到這個，那天要離開咖啡廳的時候，我們不是抽了獎嗎？」我突然想起這件事，那家店剛好舉行週年慶的抽獎活動，潤也在那裡抽中了咖啡機。

「有嗎？」

「潤也抽獎的手氣很好。」很久之前我就這麼覺得了，但沒想到潤也和詩織都一副茫然不自知的模樣。

晚餐過後，我回到自己的房間。自從我們兩兄弟一起生活之後，便輪流負責晚餐的善後工作。不過詩織來的時候，潤也就會讓她做。潤也曾經若無其事地說：「每次看著詩織洗碗盤，都覺得特別嫵媚，讓人心頭癢癢的。」既然如此，那兩位就請便吧。

爬上樓梯，我走進了西側的房間。這裡原本是父母的寢室，現在成了只有床鋪和電

註：卡通《龍龍與忠狗》中的小狗名字。

視的空蕩蕩的四坪房間。我讓身子沉入靠墊之中，伸手拿起丟在地上的遙控器，打開了電視。看了看時鐘，已經過了晚上十一點了。

電視中出現了新聞報導的畫面。因為眾議院解散將成為定局，所以這陣子各政黨的議員幾乎上遍了早晚的新聞時段。執政黨和在野黨的代表分成兩派在電視上進行爭論。不對，與其說是爭論，倒不如說是彼此發表高論、互相貶低對方。

說到爭論，潤也之前說過的一句話讓我印象深刻。他說：「哥，我每次只要聽到『我和人爭論從來沒有輸過』或是『不管怎麼樣的人，我都能駁倒對方』這種自豪的話，就會覺得這個人真是白痴。」

「為什麼？」

「因為他並沒有發覺，駁倒別人後，覺得開心的只有他自己。」

坐在電視螢幕正中央的，是理個小平頭的主持人。他本來是喜劇演員，後來慢慢轉型成為節目主持人和電影明星，現在完全是文化人的形象。他的圓臉讓人感覺非常親切，不過眼鏡下的雙眼卻總是東張西望，一副惶惶不安的樣子。

主持人的左側坐著幾位執政黨議員，分別以資深、中堅、資淺的順序排列。以其他方式來形容，或許就是老奸巨猾、穩定、熱血沸騰。右側則坐著各在野黨的主席，座位應該是以席次順序排列。犬養坐在第二個位置。

即便透過電視螢幕這個小小的畫面，還是看得出犬養的威嚴不可小覷。雖然每位來賓都身穿質感精細的西裝，不過仍然感覺得到犬養比其他人的個人風格更為強烈，顯得更有威嚴，或許應該說是更莊重。

他的臉形方正，輪廓很深，鼻梁又直又挺。眉毛與眼睛的距離很短，臉上露出一副若無其事的表情。完全看不出現在正處於酷暑。他的耳朵很大，嘴唇扁平，頭髮剪得很短。

「犬養主席，聽說在這次的選舉中，未來黨的走勢相當看好哦。」主持人將話題從剛才的消費稅抽離，突然對犬養提出問題。

犬養並沒有立刻回答，只是冷眼看了一下態度過於熱絡的主持人，彷彿在考量對方的本領。這一個小動作立刻讓主持人閉上了嘴。「環保問題、美國、東海問題、經濟不景氣，這些全部都是連動的。」犬養不急不緩地說道。「政治人物的使命感和責任感低落，國民怠惰自私。別說國民了，就連政治人物都抱持著，就算國家滅亡，只要自己明哲保身的想法。為了國民著想，我衷心期望大家能夠投給未來黨。因為我們比在場的任何人都認真思考著這個國家的未來。」

犬養從容不迫，語氣堅決且具有魄力。穩重的表現不禁讓人聽得出神。一瞬間攝影棚裡變得鴉雀無聲。

過了一會兒，其他議員才放聲說：「為了我們的國家認真思考？少在那裡說大話了。」

犬養完全不動聲色，他知道，他們愈是慌亂，對自己就愈有利。他接著問：「你們願意犧牲什麼來成就國家？」

其他議員馬上又七嘴八舌地發表言論，「太荒謬了。」「當然什麼都願意犧牲啊。」「我甚至沒有結婚。」連一些不經大腦思索的話也都紛紛脫口而出。

「只要各位，」犬養沉著又穩重地豎起手指，「將政治託付給未來黨，我們保證五年內景氣回溫。只要五年，保證大家能過個舒適的晚年。」

其他議員紛紛失笑。但是犬養仍然維持著毅然決然的態度，他打開手掌，「五年。如果辦不到的話，我就人頭落地。」

接著，犬養具體提到了過多的議員年金及幾十年前就在規畫的公共建設金額。

「這些全部廢除。我們不說什麼漸進式、階段性、不痛不癢的長期規畫。立即廢除！這是理所當然的。還有，」他又豎起手指。「為了國家的將來，我們對美國及歐洲各國的態度要更堅決。對亞洲大國也一樣。」

「你是指日美安保條約？」執政黨中堅議員趁機插嘴問道。

「二十世紀時丟了最多原子彈到其他國家的美國，憑什麼如此任性妄為？只因為他們是自由的國度嗎？」

「現在批評美國不嫌太晚嗎？」有人揶揄地說。

「並不是。」犬養的語氣強硬。「我是想喚醒你們這些只會依附美國而失去判斷能力的人。只會照美國說的去做、遵照某人的流程、遵循往例、遵循傳統、遵循前例、遵循官僚的作法。這麼做的人不配稱為政治人物。」

「聽完犬養主席的話，只會讓人不知道日本應該怎麼做，只會讓人感到不安啊。」執政黨中堅說。「完全看不到任何具體的可行性。」

「你們知道現在這個國家的人民都過著什麼樣的人生嗎？大家只是坐在電視、電腦前面，單方面接受媒體所傳送出來的訊息和娛樂，一直到死，都只是這樣漫不經心地生存著。不管是用餐、洗澡、工作或是戀愛，只是把程序做完而已。沒有自覺、無所事事地虛度時間，然後感嘆人生短暫。只想要如何輕鬆獲取利益，不願意忍耐，只會要求應有的權力，整天抱怨。我不認為這可以被稱為自由，也不需要大力維護。」

犬養的語氣雖然洋溢著認真嚴肅，但是他愈發言，在場的每個人卻愈發笑。氣氛中瀰漫著「沒想到他居然會這麼說」的揶揄。

「犬養主席，你可不要這麼輕率發言哦。」執政黨中堅議員板著臉說：「這番話雖然充分展現出在野黨的努力，但是啊……」

犬養不動聲色，只是以炯炯有神的眼神注視著中堅議員。忽然，我注意到他的臉頰似乎有點和緩了下來。應該是心有餘裕而不禁露出笑容吧。

「犬養主席還非常年輕。」在野黨第一大黨黨主席說話了，語氣聽起來像在安撫後輩一般。

「正因為年輕，所以看得見未來。我的視線所能考量的距離，反而比你們老一輩的更遠。」犬養說話果決。

其他政治人物臉上明顯露出「你這小伙子懂什麼？」的憤怒表情。

「我想請教一個問題。」犬養絲毫不畏懼，更堅決地說。

「什麼問題？」主持人充滿好奇心地回答。

「有些首相會因為貪汙、醜聞或是選舉失利而下臺，但是卻沒有首相為了誤導國家未來的方向而辭去職位。為什麼？就算他們願意為了選舉失利去職，但是卻不會為其他原因下臺。大家都沒有錯嗎？未來的方向永遠都對嗎？為什麼政治人物不願意負責任？我想人民都已經放棄了吧，尤其年輕人更是明顯。即使政治人物擺出神色凝重的表情，將派遣自衛隊的行為合理化，年輕人也只覺得這些都是政治人物的謊言。政府說要放寬管制，大家也只覺得都是些表面工夫，不會有期待。就算有人提出廢除多餘的政府機構計畫，他們也知道有人會為了不想失去既得利益而百般阻擾。因為政治人物最認真思考的總是政治以外的事。我想問的是，難道這是我們國家應有的樣子嗎？我可以在五年內改善這些問題。如果辦不到，我願意砍頭。我所認真思考的，只有政治。」

「犬養主席，你說的這些意見實在非常抽象啊。」執政黨資深議員撇著嘴說。

「我實在不應該把話題轉向未來黨啊。」主持人苦笑著說。「有點自掘墳墓的感覺。」

不。我看著這一段，搖了搖頭。不禁心想，這應該在犬養的計畫之中。雖然他的言論過於誇張、未經深思熟慮，但是「五年內做不到，我願意砍頭」這句話卻是非常明確且充滿信心的。

簡單明瞭。他說的話都非常基本，非常清楚。

說不定這個時候……我想像，說不定這個時候，電視機前的年輕人已經開始騷動了。「犬養說了些蠢話哦，大家都聽到了嗎？喂，實在太好笑了，我們都投給犬養吧，他說要砍頭耶。」

網路上的訊息傳遞更是驚人。一些以抓人話柄、趁機抓住對方弱點、把人整到絕路為樂的人，操縱著網路世界。即使他們並沒有支持犬養的意圖，但也可能為了自己的快樂而採取行動，試圖讓犬養在選舉中獲勝。

「對了，聽說犬養主席很喜歡宮澤賢治？」

主持人看了一眼擺在桌上的節目流程，提出這個話題來緩和現場的氣氛。

犬養沉默一會兒，開口說：「是，從學生時代起就很喜歡。」沒有人發現整個節目流程已在不知不覺中被犬養拉著走了。其他議員也不再發言，只是聽著犬養的談話。

「聽說你讀得很勤快。」

「他有許多非常優秀的作品。」

「有沒有特別喜愛的作品？」

「他的每一篇作品都很優秀，比方說《要求特別多的餐廳》。」

犬養答完後，對著攝影機稍微動了一下嘴唇。雙唇兩端微微上揚，然後以他慣有的銳利眼神盯著攝影機。

這時節目進了廣告。我拿起遙控器，關上電視，靠到床鋪的一端，輕輕閉上了眼睛。我試著讓大腦平靜下來，卻不經意想起白天所看到的那一幕。

我想起平田。他對著課長大叫：「課長，你這麼說是什麼意思？有膽再說一次看看！」講完他也愣住了。課長眨了幾下眼睛，脹紅了臉，努力地壓抑著憤怒，接著離開了座位。

那句話和我在心裡想的一模一樣，我同時回想起昨天在地鐵車廂內發生的事情。老人對著嚼口香糖的年輕人吼叫的那句話，也是我想像的臺詞。用用你的腦啊，馬蓋先。

「大哥，西瓜切好了哦！」樓下傳來詩織的呼喚。

西瓜似乎是潤也買回來的。聽說他打完工回家的路上突然一時興起，特地繞到蔬果店買的。

「怎麼會突然跑去買？」

他說：「現在這個時代，不是任何東西都能在便利商店裡買到嗎？不管是提神飲料、演唱會門票、電燈泡或是避孕器，在便利商店都買得到。一點意思也沒有。所以啊，我突然想買一個便利商店裡絕對沒有賣的東西。不然，感覺好像被便利商店支配了一樣。」

「所以買了西瓜？」

「對，西瓜。」

「這就是西瓜。」詩織指著面前的盤子。盤子裡裝著整顆西瓜對切後再切為三等分的西瓜片，非常豐盛。

「不過，你說的也有道理。」

「啊，真開心啊。」

「現在不管什麼都能夠在網路上查到，你不覺得資訊或是知識變得很沒價值嗎？這一點不是和你剛才說便利商店一點意思也沒有很像嗎？同樣的商品，或是同樣的資訊，感覺好像沒了價值，廉價得不得了。」

我咬了一口紅色的果肉。或許比較接近啃，或是整個含住。紅色的果沫飛散在嘴唇上，整個口中也充滿了水分。好甜。突然咬到硬物，我停止咀嚼，將籽從嘴裡拿了出來。

「夏天就是要吃西瓜啊。」詩織邊吃著西瓜邊說。

「對啊。」我將手指上的西瓜汁液舔乾淨，有點黏黏的，便拿起桌上的面紙擦了一下。

「我起雞皮疙瘩了！」潤也突然大叫。

「怎麼了？」

「哥，你看這個！你看這個西瓜籽的排列方式。」潤也咋著舌，同時將手邊的盤子轉向我的方向，讓我看他那盤西瓜。到底發生什麼事情？我一看，馬上就知道他想說什麼了。我整條手臂也馬上起了雞皮疙瘩，就連背上的寒毛也同時豎了起來。

潤也盤子裡的那塊西瓜有一個很大的缺口，缺口的表面排滿了西瓜籽，而且排列的順序非常平整，簡直就如同「列隊」二字的字面意義一樣。縱向三列，橫向約十顆左右，排列出非常漂亮的隊伍。雖然這必定是偶然形成的排列，但是乍看之下，卻令人不寒而慄。

「啊！感覺好不舒服。」詩織也叫著說。

「我都起雞皮疙瘩了。沒想到排得那麼整齊也會讓人不舒服，這真的太誇張了。」

我無法將視線從那片西瓜上移開。我心想，因為害怕而打顫原來就是這麼回事，同時也感到驚訝。這應該就是法西斯的恐怖吧。

法西斯究竟是什麼？這個問題並沒有明確的答案。至少我不知道。這是一個誕生於二十世紀，獨創的、反理性的、本能性的政治體系，但就結論而言，卻等同於無意義。硬要解釋的話，法西斯具有「統一狀態的」的意思。據說，法西斯來自法文「faisceau」，意即「將幾把槍枝前端湊齊綁緊豎起」。而這麼說來，「西瓜籽的排列」不正是如此嗎？這種讓人在生理本能上感受到的抗拒，不是很接近法西斯所具備的恐怖感嗎？用用你的腦，用用你的腦。

「好不舒服，趕快挖掉。」潤也拿起湯匙將西瓜的表面刮掉，西瓜籽也跟著紛紛掉落下來。

「不過，這西瓜籽的排列說不定還滿稀奇的呢。早知道剛才應該先拍照的。」詩織還真是無憂無慮。

吃完西瓜後，我們又閒聊了二十分鐘左右，才分別回寢室。潤也他們在一樓的和室裡鋪被褥睡覺。我上完廁所，正打算走向樓梯，順手喀噠一聲關了燈，這時突然傳來詩織的聲音：「熄燈嘍！」就像往常一樣。詩織非常有趣，即使已經睡著了，只要聽到關燈聲就會下意識地說出這句話。

而此時也總提醒我，原來已經到了熄燈時間了。

8

我到了隔天早上，才總算確認了自己所擁有的「能力」。也了解到先前的一些事原來是因為自己的意志而發生的。

雖然不到震耳欲聾的地步，但是當時在幾近客滿的通勤電車中，站在我身旁的高大年輕人戴著全罩式耳機，以極大的音量聽著音樂。那是一首八零年代後期席捲全世界的美國搖滾樂曲。音量大到我都可以說出歌曲名稱，但是很明顯地，面無表情的乘客們沒有人發出怨言。於是我興起了嘗試的念頭。當時的我還只是半信半疑，總覺得不太可能，不過還是試著想像進入聽著隨身聽的年輕人體內。臉頰感受到電流之後，屏住呼吸，接著默想「不好意思聽這麼吵的音樂，我對不起大家！」

結果如何？我轉向身旁，看見年輕人開口了。或許是因為耳機的音量過大，使他無法判斷自己聲音的大小。只聽見他大聲地說：「不好意思聽這麼吵的音樂。」

年輕人幾近大叫地喊著。四周的乘客都看著他，一副「發生了什麼事」的表情。只見他又閉上了嘴，若無其事地看著前方，似乎沒有任何自覺。

我終於察覺到，原來這些都不是偶然。於是我眨了眨眼睛，看著身旁這位年輕人的側臉。雖然無法理解他為什麼話講到一半就結束了，不過我再試著將意識集中到他身上，在心裡補上「我對不起大家」。

結果，年輕人果然又以高分貝的音量說出「我對不起大家！」乘客們都困惑極了，他們無法判斷這個大聲道歉的年輕人究竟是很有禮貌，還是沒有常識。

我拉著吊環支撐著全身的重量。心想，難道是因為我換了氣？如果我中途沒有換氣，說不定年輕人就能說完整句話而不中斷了。簡而言之，我只能傳遞出一口氣所說的話。

這下子，我確定了自己具備這種「能力」。很明顯的，我能夠靠意志使他人發言。雖然不知道箇中的道理或理論，但是「這件事」確實發生了。就像我雖然不知道微波爐的原理，但是卻能加熱便當一樣。我如此告訴自己。

「平田。」那天上班的時候，我聽到了課長的叫喚。我轉動著眼珠，看向課長的座位。課長的表情雖然像平常一樣茫然，但我卻隱約看見他太陽穴到臉頰一帶似乎微微抖動。

「有什麼事嗎？」平田站起身來走向課長的座位。或許是走路姿勢的關係，他看起來非常有精神。

「平田果然變得不一樣了。」

滿智子從我左側傳來紙條。我寫下「因爲發生了奇蹟」之後，面無表情地將紙條傳回。我想，改變的或許不是平田，而是身邊的人吧。

「是的，我知道了。我會依照課長指示去處理。」平田一如往常謹慎地回答。

「交給你嘍。」課長說。

那天晚上我準時六點整結束工作。當我走出辦公室正在等下樓電梯時，有人拍了我的肩膀。「安藤，去喝一杯吧。」

「妳難得這麼早下班呢，滿智子。」

「安藤你也是啊。今天剛好是感謝活動呢，喝一杯再回去吧。」站著的時候，滿智子的視線位置仍然和我一樣，可能是因為穿了鞋跟較高的鞋子吧。不過她的身高就女性來說，也算是比較高的了。無袖上衣展現出她豔麗又白皙的雙臂。

或許因為有著大家閨秀的樣貌，公司裡很多男同事都很愛慕她，除了同部門的人以外。也就是說，工作時離她愈近，愈感受到她大而化之而男性化的一面。相反的，公司裡很多女性員工嫉妒她、不喜歡她，但是同一樓層裡卻很少有這樣的女同事。聽起來很複雜，但的確是如此。

「今天是什麼感謝活動？」

「我也不太清楚。」

「什麼？」

「是什麼都無所謂吧。我說是感謝活動，那一天就是感謝活動。所以去喝一杯吧。我都這麼說了難道你還不想去？明明就沒有女朋友。」

「不是不願意，只是妳沒頭沒腦說什麼感謝活動，讓我覺得有點抗拒。」

「抵抗勢力嗎？」她說了句讓人摸不著頭緒的話。「那就獨立紀念日好了。」

「誰從哪裡獨立？」

「平田不是發起叛亂獨立了嗎？」滿智子將食指舉至高挺的鼻子前，就在她說「沒錯吧？」的時候，電梯發出響聲，門打開了。實在嫌麻煩的我回答說：「車站前那家居酒屋可以吧？」

滿智子或許稱得上美女，但即便和美女一起喝酒，居酒屋的啤酒終究只是普通的啤酒，也不會感到特別愉快。而且一直感受到周圍的視線向這邊集中，也不怎麼舒服。這是一家再普通不過的居酒屋。店名「天天」，是全國連鎖店。價格便宜，味道也還不錯，所以很受上班族喜愛。

我們被領到吧檯座位，兩人並肩而坐。

滿智子一連飲盡了好幾杯大杯啤酒，還不到一個鐘頭就滿臉通紅，整個人活潑了起來。我們聊著工作的進度、抱怨課長，還有平田的轉變，突然她說：「前一陣子我去相親了。」

眼前正在烤雞肉串的年輕店員向這邊瞄了一眼，不知道是因為對「相親」這個單字有反應，還是對滿智子有興趣，又或者是對滿智子有興趣，又聽到「相親」這個單字而有了反應。可以確定的是，他在一瞬間將注意力從烤雞肉串上移轉到滿智子身上。認真一點烤啊。被火烤著的雞應該也是這麼想的。你到底有沒有好好烤我？

「沒想到滿智子會去相親，真是意外。對方是怎麼樣的人？」

「告訴你哦，」滿智子拉高分貝說：「一聽說他是個開業醫師，又擁有自己的房子，我可是抱著很大的期望。沒想到卻是個年過四十的肥胖男，腦滿腸肥的，嚇死我了。」

「見面之前不知道嗎？」

「一般只要聽到開業醫生又有自己的房子，就覺得其他條件可以放寬一點啊，不是這樣嗎？」

「那妳就把條件放寬一點不就好了嗎？」

「而且啊，後來還是對方主動回絕這門婚事的。」說完滿智子豪邁地將剩下的半杯啤酒一飲而盡。

「真是出乎意料啊。」

「我也很意外啊。」

「不過，反正妳本來也打算回絕的，這樣不是正好嗎？」

「心裡不舒服。」

哦，是嗎？我在心裡默想。接著滿智子倏地站了起來。

「怎麼了？」我說。只見滿智子愉快地說：「排！尿！」我知道她想去廁所，但是應該有更文雅的說法吧。她起身邁出腳步後，還踉蹌了一下。

「那是你女朋友嗎？」左側有人向我搭訕。轉過頭去一看，旁邊坐了個比我年輕好幾歲的長髮年輕人。他一個人來，面前擺著一杯威士忌。像這種獨自在居酒屋裡喝著威士忌的人有點怪怪的，不過光就外表而言，他或許可以被歸類為帥氣的那一類。

「不，她是我同事。」我慎選用詞，小心翼翼地回答，一邊猜測著對方的意圖和目的。用用你的腦啊，馬蓋先。如果對方是危險人物，眼前的醬油瓶能不能當作武器？我偷偷想著這些似乎無用的對策。因為如果是馬蓋先，一定也會這麼做的。

「我想也是。」長髮男明顯地瞧不起我。「像你這麼不靈光的樣子，跟她實在太不相配了。」

沒想到居然有人會當著對方的面這麼說，我感到十分新奇。「好像真的很不相配哦。」

「真可惜。」男子摸了摸耳後的頭髮，動作像女人一樣。「我想發動攻勢，可以吧。」

「發動攻勢這樣的說法聽起來還滿可愛的。不過，她好像對我有意思。」我突然想作弄他，所以隨口胡謅了一下。

試試看好了，我在心裡想著。雖然滿智子不可能對我有好感，就像我不可能對亂翻垃圾的烏鴉有好感一樣，不過或許我可以操控她說的話。於是我決定把對地下鐵的老人、平田、通勤電車裡戴耳機的年輕人做的事，對滿智子再試一次。

幾分鐘後，滿智子從廁所出來了，回到我旁邊的座位。我一直看著她，應該說是瞪著她。腦海中想像自己潛進了滿智子的身體裡，不久感覺臉頰震動了一下。我迅速地吸了一口氣，立刻閉氣，腦中浮現一句臨時想出的臺詞。

滿智子沒多久就說出了那句臺詞。

「安藤，我喜歡你，可以認真地和我交往嗎？」

她柔軟的嘴唇一閉一闔，一字一句非常清楚。

正在烤雞肉串的店員突然弄出了聲響，似乎是竹籤掉到地上了。雞肉一定在想「喂！拜託你小心一點啊！」我感覺背後的長髮男似乎吞了一口口水，聽到他「啊？」的一聲。

我也同樣感到震驚，果然和我想的一樣。接受這個事實的同時，我仍然驚訝不已，不過還是裝得若無其事，連眉毛都不動一下，精神十足地說：「這個啊，沒辦法耶。」接著又說：「不過還是很開心妳這麼說。」拿起帳單，起身對她說：「滿智子，差不多該走嘍。」

「啊？已經要走啦？」滿智子毫不知情，只是呆呆地回答。我斜眼偷瞄了長髮男，投以「看到了吧，事情就是這樣。」的眼神。

9

我半強迫似地將滿智子塞進計程車後，獨自來到了另一家店。那是家名叫

「Duce」的酒吧，位於熱鬧街道後兩條巷子內的地下室裡。店裡的設計雖然很時髦、沉穩，但或許是因為地點不好吧，不管什麼時候總是沒什麼客人。以前我常一個人到這裡消磨時間。我不想帶朋友來這裡，讓這裡變成熱門店家，最後人愈來愈多。其他常客或許都這麼想，所以店裡總是空空蕩蕩的。

剃著五分平頭、乍看之下給人危險分子印象的老闆，對於閒散的店內氣氛似乎一點也不擔心，總是安靜地在吧檯裡做事。我沒問過他的年齡，他看起來既像三十歲後半，也像比我年輕二十多歲。

一走進店裡，老闆抬起頭來，以眼神跟我打了招呼。我坐在吧檯，不需交代，他就會依照我當天的神色調配出適當的酒。神奇的是，這些酒大多很符合我當時的心情。

我思考著自己所擁有的「能力」。我暫時把這個能力取名為腹語術，我得好好研究一下這個腹語術究竟是怎麼回事。用用你的腦啊，馬蓋先。「老闆，可以給我紙嗎？」

老闆跟我開了一個無聊的笑話。他默默地伸出食指，指著自己的五分平頭，露出「這個頭髮嗎？」(註)的表情。接著便馬上從吧檯的另一邊遞來白色便條紙之類的紙張，還附上原子筆。於是我將任何想得到和腹語術相關的事情，全部逐一條列出來。

1．不管和對方距離多遠都能使用嗎？

2．就算和對方之間有障礙物也無所謂嗎？看不見對方也無所謂嗎？

3．除了讓人說話，也能讓人唱歌嗎？

4．處於不同空間的人也有效嗎？例如電視節目裡出現的藝人。

5．只對人類有效嗎？

只想得到五點。我放下筆，右手托著下巴。等回過神來，老闆已站在我的面前，放下一杯長玻璃杯的飲料。杯內的雞尾酒呈現美麗的綠色，我看了老闆一眼，他說：「Grasshopper（綠色蚱蜢）。」一時之間我沒察覺這是雞尾酒的名稱。

「你是說蚱蜢？」

「蝗蟲，或是蚱蜢一類的。」老闆揚了揚眉說：「工作嗎？」瞄了一眼我手邊的紙條。

今天店裡的客人比平常少，吧檯只有我一位客人。身後四個桌位中的三桌也是空的。只有離我最遠的位置，也就是位於店後方的桌位，坐著一對年輕男女。

「也不是什麼工作，只是想到一些事情。」我一邊若無其事地將手蓋在便條紙上。雖然沒有刻意掩飾，我還是轉移了話題。「老闆啊，如果你擁有一種特殊的能力，你會如何？」

註：日語中「紙」的發音和「頭髮」相同，皆讀為KAMI。

老闆沉默了一會兒，試探性地問道：「怎麼樣的能力？譬如說，跑得非常快之類的嗎？」

「不是。譬如說，」我邊思索著合適的例子，邊凝望著天花板，各種管路和循環風扇看來雜亂不堪。「譬如說，彎曲湯匙之類的。」

老闆靜靜地笑了。「你是說超能力嗎？」

「比較像漫畫裡會出現的那種。」

「如果是我，不會讓人知道。」老闆立刻回答。「因為和大家一樣最好了。我不想因為和大家不同而遭到白眼。就好像平坦的地面出現一個突起物，大部分都會被去除掉一樣。」

所謂樹大招風、近朱者赤就是這個意思吧？我也能夠理解這個想法。「是嗎？」我說。

接著沉默了半晌，我看向左邊後方的年輕男女，問老闆：「他們兩個常來嗎？」

「第三次了吧。」

「是情侶嗎？」

「或許吧。感覺很純真，應該是剛交往沒多久。」

「年紀輕輕就到這種地方喝酒，真令人生氣啊。」

「令人生氣嗎？」老闆笑了，「不過他們好像滿有錢的。每次都是男孩付帳。聽他們談話的內容，似乎都還是學生。」

「我念書的時候都只能去居酒屋。」就連現在，也是去居酒屋啊。我想起剛才和滿智子一起喝酒的事情。再看一眼，面向大門的男孩看起來的確很清純、青澀。雖然掛著笑容，但雙眼似乎靜不下來，個性應該比我還軟弱，比我更不知世事吧。雖然這麼想，我卻很羨慕他們。

還是學生的他們一定和上班族在公司組織下所體會到的不合理完全無緣，像是「為什麼那個主管每天都說一樣的話？」「為什麼有人比我輕鬆，卻只有我的工作量一直增加？」「他不是說過我可以照自己的意思去做嗎？」他們甚至不曉得自己這樣有多幸福，讓我更羨慕了。

「背對著我的女孩感覺怎麼樣？」

「感覺很認真，也讓人感覺很舒服。」

我喝了口調酒，綠色液體通過喉嚨流入體內，有點奇怪，彷彿一口飲盡了蚱蜢的成分。我的視線移到了手邊剛才寫下的便條紙，看著寫有號碼的條列式整理。心想，試試看吧。

我望向左側，再一次確認了青年的樣子，記憶他的坐姿和臉部線條，接著身體向前傾靠近吧檯，雙手放在吧檯上低著頭，就像正在沉思一般。

我試著使用腹語術。

我不看著青年，只在腦海中描繪出他的位置及模樣，逐漸增強自己侵入青年的感覺。我想知道不看著對方使用會不會成功。我閉上眼睛，接著感覺眼瞼出現了輕微的麻痺。

我停止呼吸，嘴裡念念有詞。如何？我滿心期待地睜開眼睛，但是又擔心立刻轉過身去會讓人起疑，於是挺起身子，留心著背後的狀況。

「身體不舒服嗎？」老闆說。

「不是。」我回答道。青年好像沒說話。腹語術失敗了。老闆離開我面前，走向水槽去洗杯盤。

這次看著他試試看。

我將上半身向左轉，就像做柔軟體操，即便看起來有點不自然，我維持此姿勢看向後方的桌位。我捕捉青年的模樣，集中意識、停止呼吸，默念著那句話。

這次怎麼樣？我再次拉長了耳朵。四周一片沉默，正當我以為失敗的時候，店裡突然傳來一連串聲響。先是椅子向後傾倒的聲響，接著青年大喊：「我們現在就回家做愛吧！」

我知道這句話既下流又無聊，不過實在很想捉弄一下這對清純又天真爛漫的情侶。吧檯裡的老闆停下手邊的工作，朝青年望去。水龍頭的水嘩啦嘩啦地流著。看來老闆也嚇了一跳而停下了手。

雖然我覺得這麼做有點過分，不過後來又覺得如果要讓年輕人了解晚上到夜店來總是會有突發狀況發生，這麼做是必要的。

不過，我卻聽到背後傳來女孩大聲說：「贊成！」著實把我嚇了一跳。「什麼？」我轉過身去，青年和女孩已經站了起來，雙手緊握在胸前，彷彿正分享著彼此的悸動。

「啊？」青年也愣住了。

「快去我家吧！」個子嬌小的女孩輕快地說。

「嗯，好啊。」真不知道該說青年很會察言觀色，還是臨機應變能力好。他慌忙地收拾包包準備離開。

「老闆，結帳！」高聲呼喊的青年也算是很勇敢。

我斜眼看著在吧檯前打開皮夾的青年，拿起檯上的便條紙，看著第二條，「果然還是需要看著對方啊。」

青年和女孩彼此依偎，彷彿緊抱著對方一般走過了我的身後。

「我一直在等你這麼說。」女孩說。

兩個年輕人走出店門後，老闆聳了聳肩。

10

幾天後的晚上，我加班了四個小時才離開公司。因為傍晚收到一個客戶申訴，提到「公司內部系統的速度變慢了」。為了分析和撰寫報告，所以花了一些時間。據說我們公司的進貨系統會發生點選後卻無法出現下一頁的問題。對方非常憤怒地說：「我已經按了幾百萬次了，還是沒有反應。」我實在很想告訴他，其實你按了幾百萬次才是故障的原因吧。

平常的處理方式，只要馬上派負責的工程師過去處理就好了。但是今天工程師卻不巧請假，真是麻煩。於是滿智子便自願舉手說：「我現在沒事，可以過去。」

我們隸屬於管理部門，照理說幾乎不需要到客戶端去的。不過滿智子本來就挺適合工程師的工作，所以只要有時間、有機會，她其實很想試試。

「好像是他們的員工擅自連接區域網路，造成伺服器負荷過大。」滿智子七點多打電話回公司來報告。

「那就不是我們的責任了。」

「可說是『貴公司的員工管理不當』吧。」

「起初打電話來的時候，一副錯都在我們身上的口氣。」

「不這樣說的話會下不了臺吧，你就不要跟他們計較了。」

「世界上最昂貴的娛樂，就是原諒他人。」

「那是誰的名言？」

「Nobody Good Man。」

「他是誰？」

「從前在美國因為殺死二十個人而被判處死刑的男人。」

「只有這傢伙不可原諒。」

掛上電話後，我將報告書整理好、放在課長的桌上後才離開公司。我直接走向地鐵車站，搭上了駛進月臺的電車。當我坐在靠後方的座位上的同時，聽到右邊有人跟我打招呼。「這真是太湊巧了。所謂的偶然，一旦開始之後就會不停發生啊。」我嚇了一跳，發現島坐在我的右邊，腿上放著一本文庫本。

「哦，是你啊。」我毫不掩飾驚訝，指著地鐵行進的方向說：「我家就在終點站啊。」

「我今天有事要到終點的前一站。」

「不是回家啊？」

「這個嘛，」島含蓄地說：「有點私事。」

「看來是好的私事哦。」我觀察著他泛起微笑的表情。

「你今天加班嗎？」

「發生一點問題。」也因此我根本沒時間思考腹語術的事情。

「發生問題啊？念書的時候，所謂的問題也只是學分或女孩子而已啊，上班族口中的問題卻淨是些麻煩事。啊，對了！你搬家了？」

「當然啊，怎麼可能一直住在大學時住的地方？」

「我以為你一定還住在那裡，上次巧遇之後，我還跑去找你。」

「不會吧？都不事先聯絡的喔？」

「大學時不都是這樣的嗎？」

「大學時你不是還留著長髮？」

「也是啦。」島開口說：「是這樣沒錯啦。」然後搖了搖頭。

「下次打電話給我。」我把電話號碼告訴他。我看著島把號碼記下，注意到了他腿上蓋著的文庫本。

「安藤，你前一陣子有沒有看電視？」或許是發現我看著他的書，島開口問我。

「電視？」

「深夜時段的電視，犬養上了節目哦。」

「就是『五年內景氣沒有變好的話就砍頭』那個嗎？」

「對對對，就是那個。」島咧著嘴笑道：「真是笑死人了。不過啊，如果態度不那麼斬釘截鐵的話，大家也不會想投票給他吧。」

「沒有投過票的人，說得跟真的一樣。」

「所以才說這次要去投票啊。」島滿不在乎，抬頭挺胸堂堂地說。「犬養不是在節目裡提到宮澤賢治嗎？」

「是啊。」我的心拉起了警報。「《要求特別多的餐廳》之類的。」

「就是這個。」說完島便把文庫本的封套拆掉，原來包在書店封套下的書名正是《要求特別多的餐廳》。

「你讀過嗎？」

「讀是讀過。」

「我是第一次讀，還滿有趣的。」

「兩名帶著獵槍的紳士在深山裡，走進一家餐廳的故事。」

「『山貓軒』，真好的店名。」不知道什麼事這麼好笑，島噗哧笑了出來。

我回想著故事大綱說：「裡面應該寫到歡迎胖子吧。在走廊上一面往前走，一面接受指示放下獵槍、脫掉帽子和外套、取下金屬飾品。」

「因為要求特別多嘛。」島看起來很開心。

「最後還被要求在身上塗滿奶油，一直到最後他們才發現不對勁。」

「對對對，實在太好笑了。原本我以為犬養是個更知識分子還是什麼假道學的人，所以聽到他說喜歡宮澤賢治的作品時，讓我對他有了好感。」

「你對宮澤賢治有好感嗎？」我回想著犬養在電視畫面中的表情。記得這位看起來很具威嚴的在野黨黨主席回答「像是《要求特別多的餐廳》」之後，立刻看著鏡頭，露出帶有挑釁意味的眼神。難道那個眼神是試探電視機前的觀眾，尤其是我？

用用你的腦啊，馬蓋先。我思量著這個問題，說：「其實啊，」

「什麼？」

「我想那個童話真正想要表達的，是愚昧的紳士完全依照餐廳的指示去做吧。」

「是沒錯啦。即使他們在當下覺得這些奇怪的指示很詭異，不過還是說服了自己，慢慢走進店裡去了。」

一點也沒錯。我突然回想起這個十多年前讀過的故事。兩名男子看到「請將獵槍放置於此。」的指示牌時，雖然起初覺得狐疑，但馬上一廂情願地解釋成「因為沒有人吃飯的時候帶著獵槍，而且說不定有很多大人物也會來嘛。」接著當被要求「取下領帶夾」的時候，仍然告訴自己說「對呀，一定是因為食物需要用電烹調，所以金屬物品很危險。」全都是自己的一廂情願。這時我突然領悟到：「這一點和不知不覺被法西斯主義吞噬的人民簡直沒有兩樣。」

「咦？」島注意到了我的自言自語，問道：「怎麼了？」

「沒什麼。說不定你正在讀的這本《要求特別多的餐廳》裡蘊含著某些暗示。」

「什麼暗示？」

「犬養的意圖。」

島發出爆笑，擔心地看著我說；「安藤，你真的對犬養太敏感了。這麼可愛的童話故事裡，哪裡蘊含了犬養的意圖啊？」

「所有的人民都完全依照犬養的意思。不用任何說明，只要解釋得當、簡單明瞭，大家在不知不覺中就被引導到出人意表的地方去了。就在大家覺得還無關緊要的時候，就已發展到無可挽回的局面。應該就是在暗示這點吧。」

「引導？你該不會又在想墨索里尼的事吧？」

我臉不紅、氣不喘、神閒氣定地點了點頭。「墨索里尼原本立志成為教育家，而犬養曾經立志從事教職一事也廣為人知。」

「也不能因此就把犬養和墨索里尼混為一談吧，你太神經質了。」

「墨索里尼很喜歡但丁的《神曲》，還能背誦出特別喜愛的章節。而犬養也一樣。」

「你該不會想說宮澤賢治吧。但丁和宮澤賢治不一樣啊。」

沒什麼不一樣，我想。墨索里尼醉心於但丁，宣稱自己「從但丁身上學習到了義大利民族的偉大」。若想了解日本的深遠和偉大，提出宮澤賢治應該不誇張吧。不，我反而認為非常合適。

「安藤，不管什麼時候你總是想太多。我只是單純覺得犬養很有趣，而且也用不著把世界上其他人都拖下水吧。」

「嗯。」雖然如此，我還是存有疑慮，並且對這個想法抱持著恐怖、畏懼和警戒。

群眾開始活動時，應該不是經過全體協議，而是大家分別依照自己的判斷踏出步伐，而這些步伐在偶然中成為巨大的活動。難道不是這樣嗎？無意識的動作衍生出波紋，造成激流。所謂有能力的煽動者，不正是那些擅長在不經意之間創造潮流、風潮、社會風氣的達人嗎？

「不過，」我說：「最初義大利人應該也想像不到，有一天羅馬每個角落的牆壁上都寫著『墨索里尼說的話都是正確的』。」

「你說到哪裡去了？現在已經是二十一世紀了，人類是有學習能力的，而且如今也已經是個資訊流通的社會了，獨裁國家怎麼會有什麼搞頭？」

「二次大戰剛結束的時候，也沒有人想像得到終戰紀念日（註一）會有被人民遺忘的一天。」

「沒有人忘記啊。」

「現在的年輕人就不記得。應該說，他們根本不曾記得，更遑論八月六日和九日、十二月八日也是一樣。（註二）」

「用七九四黃鶯鳥這類口訣來背誦（註三）的話，很容易就背起來了。」

「是嗎？」聽到島這種八竿子打不著的回答，我不禁笑了。

「難得見一次面，怎麼覺得好像都在聽你說教。」

「不好意思。」我打從心裡覺得不好意思。

註一：一九四五年八月十五日，日本天皇裕仁廣播「終戰詔書」，宣布日本無條件投降，第二次世界大戰因此正式劃下句點。日本政府每年都會於日本武道館舉行追悼儀式，來記念戰爭爲國犧牲的戰沒者。

註二：八月六日、九日分別爲美國於長崎、廣島投下原子彈的紀念日。十二月八日爲珍珠港事件。

註三：西元七九四年爲日本平安時代開始的年份，是利用日語諧音來背誦歷史年份中頗具代表的用法。

「沒什麼不好意思的，反倒很令人懷念。就某種層面來說，你還是像以前一樣乳臭未乾。」

「是嗎？原來我還是個乳臭未乾的小子。」

「就好的層面來說啦。」

島在終點站的前一站下了車。臨別之際，我問他說：「對了，你結婚了嗎？」島回答說：「還沒。」接著他又說：「安藤，你知道那個諺語嗎？」

「諺語？」

「有一句外國諺語說：『急著結婚，事後慢慢後悔。』我從這句話學到的反倒是，不要急著結婚。」

「這樣總比倒過來慢慢結婚，事後急著後悔好多了。」

11

「安藤桑。」

「安德森。」

原本以為半夜回家的路上應該不會有人，沒想到正當我哼著歌牽著腳踏車走在路上時，看見安德森站在路旁，嚇了我一大跳。而且就在我走出車站、到公車總站旁的居酒屋獨自發呆了幾個小時之後。太陽早已下山很久了，但天氣卻依然悶熱，騎腳踏車更是讓人汗流浹背，所以才在途中改用牽的。

「你在唱什麼歌？」安德森頭戴棒球帽，穿著一身運動衣。他擁有一身好體格，非常適合輕便的運動裝。當時他正在做伸展操。

「我也不知道。今天在電車裡有人戴著耳機，音量超大。害我像是被傳染了一般，那音樂在腦中揮也揮不去。」

「那還真是不得了。」安德森一邊活動著身體說。他轉動著上半身，伸長雙手在空中畫圈。

「你都在這個時間運動嗎？」

「白天太熱了。」

「不過那麼晚了，夜間活動會被誤會想要惹事生非，要小心一點。」我說。安德森倏地停下動作，「安藤桑，你也這麼認為嗎？」他一臉嚴肅。「最近我總覺得被人投以異樣的眼光。」

「被人投以異樣眼光？為什麼？」

「因為我是美國人。」

「那些是，」我無法理解他的意思，陷入了沉默。欲言又止了一會兒，才說：

「那些是強烈批判美國的人嗎？」

「是啊。」安德森理所當然地點了點頭，「最近電視節目裡也常常這樣。」

「怎麼樣？」

「譴責美國啊。」不知為何安德森的發音只有在這種時候聽起來很不清楚。「世界上發生了什麼不好的事情，大家都會怪到美國頭上。不管戰爭、夏天太熱、景氣不好都一樣。」

「很久以前就有這種人了，總是要把事情的原因歸咎到某人的身上，大家才能安心。」

「這表示現在美國話題很熱門吧。」安德森說完露出少年般生澀的微笑。

他在太太過世時的喪禮致詞上說過：「人生在世，就是會有這種事啊。」當時臉上也帶著同樣的微笑。

「安藤桑覺得如何？你也覺得美國不對嗎？」

「大家只不過把問題全部推到美國身上罷了，哪有這麼簡單？」

「不過，電視上那個人不是說了很多嗎？」

「犬養？」

「對對。」安德森噘著嘴，皺起臉說：「他為什麼那麼討厭美國？」

「不止美國，他也很討厭中國。我想，他應該討厭任何一個國家吧。」

「真不知道為什麼。」

我思考著，為什麼呢？我在心裡這麼問自己，腦中浮現犬養的面貌。「因為他想讓日本人團結一心。」

「團結一心？」

「現在大家的意見分歧，年輕人也不以自己的國家為榮，只想著自己。大家都覺得『無所謂』、『和我無關』。」

「我的學生也常常這麼說，像是『總會有辦法的』。」安德森笑了。

「所以，或許他想找回日本昔日的活力吧，或許他想將這些觀念扭轉成『有所謂』、『不是和我無關』、『總得自己想辦法』吧。」

「這不是一件好事嗎？」安德森顯得頗意外，「不管是讓國民團結一致，或是愛自己的國家，都不是壞事啊。」

「的確是。」這或許不是壞事，但是為什麼我卻因此感到害怕呢？「對了，雖然你已經是日本人了，還是很留意美國的一切嗎？」

「嗯，是啊。可以這麼說。」

「是嗎。」

「而且我有一點害怕。」

「害怕?」

「總覺得哪一天日本人應該會襲擊美國人吧。前一陣子我做了一個夢,夢見連我都被打了。」

「但你是日本人啊。」

「是啊。不過,夢裡的日本人說……」

「說什麼?」

「他們說『我們只看外表』。」

「啊。」我嘆了一口氣,「這真是令人難過,那你還手了嗎?」

「沒有。因為實在沒辦法,我只好找了一個美國人,把他揍了一頓。」直到最後,安德森才終於放鬆心情,開了一個玩笑。接著我們互道再見,往相反方向各自離去。

12

隔週的週末,我陪潤也去東京都內的遊樂園,當然詩織也一起去了。

「沒想到哥你會和我們一起來。」我們在簡陋的商店門口前，坐在白色花園椅子上，潤也正喝著汽水。由於他們兩人都沒有駕照，所以偶爾會拜託我充當司機。「有時候兄弟關係中較年長的一方，也會想要幫幫年幼的一方的。」我說。

「是突發性的嗎？」

「大約四年一次吧。」

「下一次要等四年後了，潤也。」詩織傻笑地說。

不知道是景氣不好，還是因為經營不善，遊樂園裡空空蕩蕩的。雖然是星期六下午，只看得見一些家族、情侶檔遊客。「人好少哦。」

潤也也環顧了一下四周，接著他看到坐在左邊的男孩，正試圖對抗陽光的威力，快速地舔著手上的霜淇淋。

「這個遊樂園好老舊，又沒有新鮮感，差不多就這樣了吧。不過聽說最近居酒屋裡也很流行這樣的？」潤也說。

「這樣的什麼？」

「就是那種隱密於都市之中的店啊。其他人都不知道、只屬於我們自己的祕密基地，聽說現在很受歡迎。」

「我也聽說過哦。」

「這裡應該不是自願想變得隱密吧。」我苦笑著說。隱密不為人所知的祕密基地與遊樂園能夠同時並存嗎？如果長著大耳朵的老鼠和穿著水手服的鴨子鬼鬼祟祟地出現在身邊，在我身邊耳語：「這位老闆，這裡有一家以隱密性著稱的主題樂園哦。」或許我還會覺得有趣，不過現實上是絕對不可能的。

我眺望著園內。

從東南方的入口進來後，正前方就是一座廣場。廣場上有讓人拍照留念用的椅子和販售禮物的商店，還有很大的圓形花圃，黃色和黑色的花朵構成美麗的圖紋。天氣非常晴朗，使得黃色和黑色看起來更顯鮮豔。花圃兩側各有一條走道環繞。

我們現在就位在花圃右邊走道前方的商店。眼前的旋轉木馬正在轉動，只不過裡面跑的不是木馬而是飛機。飛機重複著上升、下降的動作。後方是一個飛毯造形的遊樂設施，大約二十人以接近跪坐的姿勢坐在飛毯之中，身上都綁著安全帶。原本以為飛毯會慢慢地往上移動，沒想到這個遊樂設施卻是以驚人的速度一邊旋轉一邊往下降。「以這麼恐怖的方式亂轉，應該是犯法的吧。」讓人不安了起來。

「哥，接下來去玩那個吧。」沒想到潤也居然指著那個飛毯。

「不要。」我皺起眉頭，「我不要去。」

「你會怕哦？」詩織故意大聲地說。

「沒錯，我會怕。」這種事沒必要隱瞞。

「因為哥總是擔心這、擔心那的。不管什麼時候，都不願意相信啊。」

「不相信？你指什麼？」

「不相信安全性。」潤也睜著黑幽幽的大眼睛看著我，嘴角微微上揚地笑了。「你連搭雲霄飛車的時候，也會擔心螺絲是不是鬆了、維修保養會不會不夠確實？在旅館吃飯的時候，也會擔心食物中毒。這些小事你就放寬心吧。遊樂園的維修人員檢查很認真，旅館的廚房也會小心預防食物中毒的。」

「不過，該發生的時候躲也躲不了。」

「但機率不大吧，擔心那麼多是活不下去的。」

會活不下去嗎？這句話給我很大的衝擊。

「對了。」我對潤也說：「我想嘗試一件事。」

「在這裡嗎？」

「其實我最近在練習讀唇術。」我之前就想好要這樣騙他們了。

「獨存術？一直不結婚的技術嗎？」潤也挑著眉說。

「那是什麼術啊。我說的是不聽對方的聲音，只靠唇形來判讀說話內容的那種讀唇術。」

「啊，你是說那個啊。」

什麼這個那個的。我站起身。「你們在這裡坐一下，隨便說些什麼話。我想確認一下多遠的距離內能夠讀得出來。」

其實我想進行的實驗，是「腹語術能使用於多遠的距離」。也就是想要驗證在酒吧裡寫下的第一個問題。

「我會在遠一點的地方舉起手來，然後你就隨便說一些話。你對著詩織說，我來判讀。我想試試幾種不同的距離。」

「突然叫我隨便說些什麼，實在不知道說什麼好。」潤也有點困惑。

「什麼都可以啊。對了，那就說狗的品種好了。你不是很清楚嗎？」

「像蝴蝶犬？」

「對啊。」

「或是英國西施犬嗎？」

「有這種狗嗎？」

「沒有。」潤也露出牙齒笑了。

「拜託你說些實際上有的。」

我先走到距離十步左右的地方停下，正好走出了商店範圍之外一點點。有一家人從旁走過，差點就撞上了。

我舉起右手，看見潤也點了點頭，接著說了些什麼。不知道是不是為了體貼我這個哥哥，嘴唇動作緩慢又誇張地說出了「吉娃娃」三個字。這麼簡單的題目，就算不會讀唇術也看得出來吧，我苦笑了一下，開始嘗試腹語術。

我想像滑進了潤也的身體深處，或許是已經抓住了集中意識的訣竅，沒多久臉頰感覺到一陣麻痺。我屏住呼吸，在心裡默念著「犰狳」。我雙眼緊盯著距離十步以外的潤也，他終於動了動嘴巴。雖然聽不見聲音，不過他確實說出了「犰狳」。

雖然說什麼單字都可以，不過為了方便等一下和詩織確認，所以要盡量選短一點的字。於是我選了五十音順序中的第一個字，說出了「犰狳（註）」這個字。

聽到潤也突然說出這個貧齒目瀕臨絕種動物的名稱，詩織驚訝地看著他。我繼續走到更遠的地方，再向後走了十步。來到詳列園區內導覽路線的大型看板前。

潤也和詩織留意著我的舉動。我大致掌握到他們的表情後，立刻舉起右手打暗號。潤也點點頭，動了一下嘴唇。不過我無法判讀出他講了什麼單字。

註：アルマジロ第一個字爲五十音第一個假名あ。

我馬上接著再次想像自己潛入潤也身體裡的樣子，皮膚感受著輕微的麻痺，屏住呼吸，在腦中構思下一個動物名稱，說出了「疣豬」。

我不確定潤也的嘴形有沒有動。無法判別單字是否太短，抑或腹語術失敗了。

接著我再往後退十步。這次換了個角度，沿著走道前進，然後轉身看著商店的方向。潤也和詩織已經在距離很遠的地方了。我以同樣的要領說出了「墨西哥蠑螈」。然後再後退十步，說出了「傘蜥蜴」。接著再後退十步。雖然我猜潤也可能已經連我舉手的動作都已經看不見了，不過還是舉起右手做了暗號，屏住呼吸，默念出「大食蟻獸」。

這和前幾天在酒吧裡的狀況不同，雖然距離很遠，但還是看得見對方。這樣結果會有所不同嗎？

「哥，我以為你還要往後走更遠呢。」回到商店後，潤也打從心裡不安地說。

「潤也拚命說了好多狗的品種，好好笑。」

「結果如何？你都看得懂我說的嗎？」潤也問。

「我知道剛開始是吉娃娃。」

「好厲害！」

這根本是初學者的題目。

「下一個呢？」

「之後就看不出來了。」我故意縮了縮脖子。「完全不行嘛。」潤也說。

「那為什麼還一直往後愈走愈遠？」詩織的反應很快，問到了重點。

我揚了揚眉毛，想蒙混過去。「不過潤也你是不是說了一些狗品種之外的字？譬如犰狳之類的。」雖然我裝出一副若無其事的模樣，但其實十分在意結果如何，我打探著詩織的反應。

「啊！對對對，潤也說了。」

「啊？說什麼？」潤也本身果然沒有察覺。

「你說犰狳呀。我不是還告訴你那不是狗的品種嗎？」

「那疣豬呢？」

「對對，還有這個。」

「我沒說啊。」潤也不高興地搖了搖頭。

「你說了。」

「還有呢？」

「你還說了一個。」

「只有一個嗎？」

「嗯，墨西哥蠑螈。」

「也太過時了吧！」潤也取笑詩織。

「是潤也你說的耶。」

「怎麼可能？我根本已經忘記這個動物名稱了。」

「除此之外，你沒有說其他奇怪的字嗎？」我確認了一下之後說的單字。「你沒有說傘蜥蜴嗎？」

「大哥你也好過時哦。」

我想，傘蜥蜴要是聽到有人這樣說牠，一定會難過得流下眼淚吧。我決定結束話題：「不好意思，讓你們陪我做這麼無聊的事情。」我揮動雙手，催促著兩人說：「好了，差不多該走了。接下來要去哪裡？」

我推測，腹語術的有效範圍以自己的步伐來算的話，大概是三十步以內的距離。

13

結果我們還是去搭飛毯了。因為潤也和詩織堅持「之後一定會後悔沒搭」，還說「這家遊樂園入場券費用的三分之二，就是為了搭那個飛毯哦！」我只好硬著頭皮上了。

走到飛毯附近，只見許多遊客正排著隊。整個遊樂園都很空閒，只有飛毯周邊擠滿了人，大多是年輕女孩，從十幾歲到二十幾歲、三十幾歲的女性都有，臉上都露出既期待又不安的表情。

「哥你會怕吧。」

「如果承認會怕，就可以不用坐了嗎？」我抬起頭，看見一個跟飛毯一模一樣的機器，在極短的距離內移動著。

這個飛毯看起來又扁又窮酸，簡直是刻意挑起乘客的不安。飛毯上有部分墊高，大家就坐在這上面。乘客彎著膝蓋、像跪坐一樣的姿勢據說就是這項遊樂設施的特色。開始慢慢地往上升了。或許這緩慢的速度讓乘客和在旁觀看的遊客無法忍受，大家都用力吸了一口氣。

到達最高點後，飛毯倏地停止了。乘客也都屏住呼吸，瞪大了眼睛。

接著飛毯瞬間旋轉了起來。我以為會往前轉，沒想到卻是向後翻轉，甚至左右搖晃起來。重複好幾次之後，才終於向下降。

四周傳來陣陣不知是歡呼還是尖叫。

「哥，你在發什麼呆？」潤也突然問道，嚇了我一跳。

隊伍在不知不覺間往前進了，潤也和詩織站在前方幾公尺之外看著我。飛毯停止旋轉，遊戲結束。乘客們解下安全帶，魚貫地走了出來。每個人的臉上都帶著滿足和成就感，呼吸急促。

「剛好還有一個位置，有人要先搭嗎？」

眼前，一名工作人員站在前方的入口閘門前，手圈在嘴邊對著我們大叫。潤也分別看著我和詩織，說：「哥，你要不要一個人先玩？」

飛毯的座位剛好多出了一個。靜止的飛毯最前排右邊有一個空位，可能是乘客的人數組合的關係，剛好多了一個位置吧。

操控員戴著不合適的貝雷帽，對我說：「要先搭嗎？」樣子十分急躁，彷彿在說「拜託你快點來搭好不好」。

我拒絕道：「不，不要。」本來就不是我提議要來玩這個玩意兒的，我也不想一個人先玩，而讓潤也他們看到我因為飛毯旋轉而扭曲變形的臉。

操縱員不悅地關上了閘門。最後飛毯就在空著一個位置的狀況下啟動了。跟剛才一樣，飛毯慢慢地往上升，乘客屏住呼吸，倏地在空中停住，接著開始旋轉，幾乎可用狂舞來形容。尖叫和機械的運轉聲，朝我席捲而來。

不知道最初是誰發出「啊！」的尖叫，而在此之前隱約還聽到「喀！」的金屬聲響。

所有的聲音消失之後，眼前的景象就像慢動作般在我眼前播放，彷彿有人手握特殊的遙控器，按下了「慢動作播放」鍵。

飛毯的機器結構說穿了就像一個巨大的鞦韆，兩端各有一個大型的柱子。柱子看起來非常結實，從側面看去就像構成直角三角形的腳架一樣。兩邊的腳架上連接著可動的機器手臂。這兩個左右手臂如同人類的手臂，分成上臂和下臂兩個部分，以手肘為軸心，彷彿「手臂」抓著「飛毯」。兩個連結在腳架上的手臂旋轉，使飛毯隨之轉動。機器就是以這樣的原理運作著。

折斷的右臂映入我的眼簾。上臂連接遊樂設施主體的部分，相當於肩膀的地方冒出了煙，金屬碎片像粉塵般漫天飛舞。手臂從肩膀上脫落，整張「飛毯」向右傾斜，揚起陣陣灰色煙霧。

背後想必傳來了騷動聲、腳步聲和尖叫。我做不出任何反應，只是呆望著眼前的景象。

飛毯從右方掉落下來，一個角撞擊到地面後反彈，又飛到空中，扭曲成怪異的形狀，掉下地面。所有的乘客面色鐵青，一動也不動。

我不自覺地向後退了幾步，潤也和詩織都在身旁。他們兩人嘴張得好大，全身僵直。

接著聽到聲音。與其說是聲音，我感受到的是震動。宛如慢動作畫面結束後，無預警就直接快轉，我完全跟不上眼前發生的狀況。

震耳欲聾的撞擊聲和沙塵將我包圍，有人撞到我的肩膀，原來是急忙逃跑的操控員。

「哥，危險！」潤也說。我連忙後退了幾公尺。

不到五分鐘，四周一片騷動。不但救難小組立刻趕到，警方也拉起了封鎖線，急救車輛上的閃燈照射著圍觀民眾，當中有幾人背著相機、拿著麥克風。我們大家就在那裡呆望著已經損壞的「飛毯」。

「真是奇蹟。」潤也說。

確實如此。「飛毯」斜掛在半空中，幾乎貼近地面。雖然曾經一度撞擊在地面，但也許因為手臂已經扭曲，所以第二次落下時並沒有發生撞擊，反而以一種幾乎緊臨著地面、與地面平行的狀態下停止了動作。所有的乘客都頭下腳上地倒掛，還有一些女性的頭髮披垂著。可說是在千鈞一髮的距離下停止了。

沒有人知道飛毯什麼時候會失衡掉下來，救難小組無不面色凝重，試圖在最短時間內將乘客搶救下來。

「不知道大家要不要緊。」詩織自言自語地說。

「或許有一點肩頸挫傷或撞傷，不過應該沒有生命危險吧。」我回答。事實上這些倒掛著被救難小組救下來抬上擔架的乘客，大抵都沒有什麼外傷。

「精神上的傷害就無法衡量了吧。」潤也說。我也同意他的說法。

突然想起以前國中老師曾經問過一個問題。「雖然沒有形狀，但是卻會死掉哦。你們猜那是什麼呀？」答案是「人的心」。當時他卻因此受到家長和其他老師斥責題目「欠缺考量」。現在想想，如果當時他換個說法，告訴大家「有一種東西肉眼看不見，但卻會受傷」的話，或許就變成一個好問題了。

「不過，能活下來就很幸運了。你不覺得嗎？潤也。」

「是維修不當嗎？還是金屬疲勞？」

「或許吧。」說著，我仍然無法將視線從意外現場移開，而且忍不住直盯著傾斜的飛毯中唯一受到損壞的部分。就在飛毯右側最早撞擊地面的一角。整個飛毯只有那裡的鐵片破損，開了一個大洞。

「哥，」潤也似乎也發現了，手指顫抖地指著前方說：「那個壞掉的地方……」

「沒錯。」我點點頭，「就是剛才操控員要我去坐的位置。」

「如果你剛才去坐的話。哥，那你不就慘了？」

詩織右手摀住了嘴，嚇了一大跳。「真的耶。」

如果我聽從操控員的建議，拋下潤也他們，先搭上飛毯的話，那我就會跟那片破掉的鐵片一樣變得粉碎了。

「哥，你真是撿回一條命了。」

我斂著下巴，還真的是撿回一條命。另一方面我也在想，這只是偶然嗎？我撿回了一條命，是有什麼力量介入嗎？這會是某種暗示嗎？暗示？什麼暗示？不對，我甚至懷疑起這個意外不是真正的意外。很有可能，我不是差一點就被殺死了嗎？怎麼可能？誰會殺我？

哥，你想太多了。耳邊傳來潤也的呼喚。不過似乎不是真實的聲音，只是我腦海中想像出來的。

14

「這就叫做九死一生啊。九死一生，九死一生。不過，死九次活一次，這句話也滿奇怪的哦。」島飲盡中杯啤酒後，說：「也可以是『球史』上的『一勝』（註）。」

我眼前的女孩露齒大笑：「哈哈哈，好好笑哦。」她身上穿著一件好像叫做細肩帶的衣服，肩上只掛著一條繩子，白色的上衣簡直跟內衣沒什麼兩樣。

發生遊樂園意外的兩天後，我接到島的電話。「出來好好聊聊嘛，一起懷念一下學生時代啊。」

後來我們決定到位於車站內的居酒屋。這家店和先前我與滿智子一起去的「天天」屬於同一連鎖體系。或許只是單純的偶然吧，也說不定這家居酒屋哪天會稱霸全國。

我的面前擺了炸雞塊、炸豆腐、毛豆和烤魚，還有大杯啤酒。

「島你好有趣哦。」女孩扭動著身體說。

「對吧對吧，我很有趣吧。那待會兒我們就去開房間吧，開房間。」島露出低級的表情，伸長了脖子。女孩是島的客戶公司的員工，他完全沒有徵求我的同意，就把這女孩帶來了。說什麼要懷念學生時代，這個女孩在場只會製造麻煩而已啊。不過，最後我還是決定不要抱怨了。

「那家遊樂園後來怎麼樣了？」

註：「九死」音同「球史」，「一生」音同「一勝」。

「聽說要歇業一陣子。」

「那可麻煩了，在那裡上班的人會很傷腦筋的，大家都要生活啊。」

「或許是吧。」

「維修人員應該會被開除吧？」

「或許吧。」

我看著島為了一些根本不認識的遊樂園維修人員擔心著他們的生活，心想雖然他頭髮變短了，不過這部分倒是一點都沒變。

「島念書的時候是怎麼樣的人？」女孩問我。雖然她看起來對島並不是那麼感興趣，但說不定她也想努力避免冷場增加大家的話題。

「他那時候頭髮很長哦，到肩膀。」我用手比劃自己的雙肩。

「不會吧？真的假的？」女孩上半身稍微後仰，隔了點距離打量著島的臉，可能在想像長髮版的島是什麼樣子吧。「真令人無法想像。」

「而且他對胸部大的女生或女高中生毫無招架能力。」女孩聽我這麼說，便傻傻地笑了起來。「現在也一樣。」

「我愛巨乳！」島用近似破音的語氣說。「女高中生棒呆了！」

「真是低級。」我窺探著女孩說：「妳覺得這樣的男人如何？」

「是還滿可愛的。」女孩皺了皺眉，「不過這種男人說正經話的時候沒什麼說服力就是了。」她又搖搖頭說：「就算原本感覺很有威嚴，好印象也會完全破滅。」

「男人就是要可愛啊。」島自豪地說。接著又打鬧道：「如果是女高中生又有巨乳，就更無敵了！」

「無敵啊。」我心情黯然地說。的確沒有成年人的威嚴。

店裡靠近出入口處突然傳來一陣歡呼聲。接著卻聽到一些沒格調、語帶威迫的叫囂。

「怎麼啦？」我回頭往後看。島說：「就是那個啊，今天不是有足球比賽嗎？店門口附近有一臺很大的電視，很多人在那裡看球賽。」

「日本代表嗎？」

「是啊，對中國隊。照這個氣氛看來，戰況應該很激烈。」

我心想，這時機真是不好。最近因為中國以強硬的態度挖掘天然氣，再加上伴隨而來的事故引發環境破壞，很多日本人都對中國人抱持反感。足球本來就是一項會令人激動的運動，看樣子不管是哪邊獲勝，都可能引起糾紛。

「中國真的很恐怖。」女孩鼓著臉頰說。

「為什麼？」我問。

「他們土地那麼大，人口又多。我覺得中國政府一定沒辦法徹底管好國內每個角落。」

「這一點日本也一樣吧。」

「這麼說是沒錯啦。不過，我總覺得中國如果認真起來，日本應該根本不是對手吧？」

「不是對手是什麼意思？」島問：「妳是指經濟？還是軍事？」

「兩個都是，都有可能吧。」

「嗯，都有，的確都有。」島頗有感觸地搖了搖頭，接著對經過的店員說：「再來兩杯啤酒，還有比薩，油漬鯷魚比薩。」點完餐後又說：「說到這個，安藤可能又會不舒服了，但是啊，犬養真該好好教訓他們了。」

「你說的犬養，是那個犬養嗎？」女孩探身向前說：「我滿喜歡他的。長得又帥，人又很認真的樣子。最重要的是，他很年輕。」

「啊，對了。」島突然翻起自己的公事包。

我一面等著島，心情不禁低落起來，果然事態已演變到這種地步了。只要繃緊神經，似乎就能聽見聲響。那是轟隆奔流在身邊的洪流響起的聲響。那種令人不舒服的西瓜籽排列，或是在無意間所形成的潮流，或許就是像我們這種群眾所創造出來的。不快點逃跑的話事情就嚴重了、不趕快研擬對策的話就無可挽回了，洪水來了，洪水來了啊。難道只有我一個人感到驚慌嗎？我不禁這麼想。

「之前那個一頭亂髮的總理大臣不是讓大家很失望嗎？」女孩不知道什麼時候叼了一根菸，吐了口煙之後說：「光會說些大話。」

她說的應該是現任佐藤首相之前的前任總理大臣吧。議員第二代的他可說是執政黨的最後一張王牌。和以往的政治人物相比，他看起來精明能幹，給人特立獨行的感覺，或許因為如此，出馬參選執政黨黨主席時，才會獲得空前的支持吧。他經常大叫：「我要消滅這個國家的貪腐！」舉起拳頭大喊：「進行改革！」

當時的國民無不抱著期望。他說的話充滿新意，似乎也很幽默，起初內閣支持率也相當高，社會上的有識之士對他的評價也都不錯。

但是隨著時間一點一點過去，貪腐不見任何改善，也沒有人知道究竟進行了什麼樣的改革，大家都失望了。原來這個政客和以前的政客完全一樣，只是個中產階級出身、光說不練的傢伙，而且不但巴著自己的財產不放，連別人的財產也不肯放過。所有人都懊悔當初為什麼沒有看穿這一切，甚至為自己的不察感到羞愧。

不過，一般民眾還是以「至少他跟其他政客比起來好多了」這種令人害怕的論調繼續支持他。結果，執政黨便在獲得人民支持的情況下為所欲為，就這麼虛度了十年。

也因為如此，整個社會瀰漫在「不管誰當家，這個社會都不會有所改變」的虛無感中。

「我已經厭倦這樣模稜兩可、敷衍了事了。」

「模稜兩可？敷衍了事？」

「對啊，因為政客做任何決定都只顧自己的利益，如果對自己沒好處，他們就會說『目前無法對民眾提出充分說明，所以仍然需要再觀察』。十年前我也曾想過，為什麼派遣自衛隊的時候不必做任何說明，但提到廢除議員退休俸時，就變成討論不充分？結果還不是少數服從多數？我真的搞不懂。」

「民主主義原本就是少數服從多數。」我居然說出了連小學生都不想說的陳腔濫調。

「所以啊，」女孩嘟起嘴，「如果不要少數服從多數，不也很好嗎？我覺得呀，如果有人能站出來把事情都做好決定，我只要跟著做就好了。」

能夠做到這樣的，不就是犬養嗎？我差點脫口說出這句話。這個擁有和墨索里尼相似經歷的男人，散發出年輕武士般的正直與活力，「五年內做不到就砍頭」的發言激起了年輕人的熱情，讓大家對他有著「如果是他的話，即使面對所謂的『自由國家』或『十三億人口的國家』，也能夠抱持堅決態度」的期待。

「相較於前任和現任首相，犬養實在好太多了。你不覺得嗎？」女孩彈了彈菸灰。

島隨口附和著女孩，終於從公事包裡拿出一本文庫本。「有了有了，就是這個。」

「你還沒看完啊？」

「什麼還沒看完，是他的書太好看了，我一本接著一本看，懂不懂啊。」

「這是什麼？」可能女孩視力不好，只見她瞇起眼睛，整個臉湊上前去。「宮澤賢治詩集？」

「現在改讀詩了哦。」

「我覺得你不適合讀詩哦，你真的看得懂嗎？」

「雖然我完全看不懂詩，但是這裡面有些句子讓我很有感覺呢。」

「是嗎？」我從以前就對詩詞沒興趣，所以隨便回了一句。

突然背後傳來「哇！」的歡呼聲，又是那群看足球賽的客人。看樣子並沒有射門得分，不斷聽到有人咋舌和嘆息，可能是讓大家捶胸頓足的場面吧。

「聽好了，」島翻開了書。「裡面有一段讓人感動得不得了。」

「你該不是打算現在朗讀吧？」女孩露出半嘲弄半輕視的表情說。

「不行嗎？」

「朗讀詩不是很丟臉嗎？」

「詩就是為了被朗讀而存在的啊。這段很棒哦，會讓人感動得不得了哦。」

「感動得不得了嗎？」

「對了，安藤，你一直都誤會了哦。」島指著我。

「誤會？」

「你是不是以為宮澤賢治很抒情，像聖人一樣？」

「或許吧。」

「我本來也以為這樣。但是最近讀了之後才發現，這都是我們對他的既定印象。」

「什麼印象不印象的。」

「也就是說，一提到他，我們就想到『童話』與〈不畏風雨〉。這給人的印象太強烈，所以大家才認為他是樸素抒情、和平，或是一位很了不起的人啊。」

「其實並不是嗎？那麼宮澤賢治是怎麼樣的人？」

「這個嘛……。不過，自從我讀了詩之後，就更了解宮澤賢治了。我想，宮澤賢治是一位有遠見的人哦。」

「遠見？」總覺得這個奇怪字眼應該是宗教家常掛在嘴上的。

「他是個有想法、能看見未來的人。」說完島拿起書，看了看我，再看看女孩，「我來念一段我個人很喜歡的長詩。」接著咳了幾聲，清了清喉嚨。

不知是不是我的錯覺，店裡所有人在島開口念詩的時候都噤聲不語。沒想到居然會有這樣的氣氛。島操著清楚鮮明的語調，朗誦起這首詩。

嶄新的詩人吶
從山嵐、從雲端、從光
獲得嶄新而透明的能量
向人類和地球暗示他們所應有的姿態

這時我的耳裡已淨是島的念詩聲，揮也揮不去。我默默地嚥了一口口水，等待捧著詩集的島繼續往下念。但是，這算是一首詩嗎？應該比較接近宣誓文或某種訊息吧。店裡非常安靜，彷彿大家都豎起耳朵聽著島朗讀詩句。我聽見島吸了一口氣。

新時代的馬克斯啊
把這個因爲盲目衝動而轉動的世界
改變成完美且美好的結構吧

我發現自己胸口激動不已。

15

「這是什麼？」女孩首先開口。「是詩嗎？」

島笑了。「怎麼樣？安藤。」

此時我正為了這一切出乎自己預料而感到迷惘。「嗯，不錯啊。」這是我真實的感受。雖然心有不甘，我十分驚豔，島剛才念出的這段文字訊息，的確讓我非常感動。這種感覺不像是被鐵鎚狠狠敲了一下，反而像是突然聽到門外有人敲門一般。

「就跟你說吧。」島一臉滿足地說。「最後還有這一段。」他說。「很棒哦。」

諸君啊，這股抖擻的

從諸君的未來國度吹來的

透明而純淨的風，感受到了嗎？

我感到暈眩，還有一股彷彿胸口被空氣槍穿透的、清晰的痛楚感。

「未來國度，這個形容真棒。」島舔著嘴唇，像是在品嘗什麼似的。

我再度出神地點了點頭。我有同感。光聽到「未來國度吹來的」就令人心跳加快。

「的確如此，嗯，好像滿酷的。」女孩最後也認同了。

我開始幻想著，如果我還只是二十出頭，真正是個乳臭未乾的小子的話……。「用你的腦」突然湧起一股聲音。如果我只有二十出頭，聽到宮澤賢治的這首詩，應該會因為充滿期待而興奮得雙眼含淚，背脊伸直、雙眼直盯著不可視的未來吧。

「諸君啊，這股抖擻的……」女孩似乎半開玩笑，又細細品味地念著。

「怎麼樣？安藤，這個還不錯吧。」

「剛才不就說了嗎？」

「要是更年輕的時候讀到這首詩就好了。」

「那樣會改變什麼嗎？」

「至少會去投票。」

「現在開始還來得及啊。」我說。

說完後的瞬間，我感覺到背脊一陣冰涼，打了個冷顫，腦中浮現一個想法，讓我的寒毛都豎了起來。「說不定，」我思索著，「說不定犬養哪天會當眾朗讀這首詩？」

如果他真是個喜愛宮澤賢治的政治家，那麼一定會知道這首詩。就算哪天他看準最佳時機，向年輕人念出這一段魅力十足的煽動言語，也不足為奇。島現在念出的詩的確具有這樣的力量，有著一股會讓年輕人挺直背脊、雙眼發出光芒、邁力跨出腳步的魄力。這股力量充滿魅力，同時也是危險的。具有力量的語言總是被煽動家所利用。

等我回過神來，島已經醉得差不多了。他把頭枕在女孩的肩上，姿勢輕浮極了。就在我打算開口問他「喂！島，你還好吧？」的時候，島開口了。

「喂，安藤。」他伸出手來，想環上我的肩膀。因為讓人感覺不太舒服，我連忙閃開，島整個上半身便撲倒在桌上。

「幹嘛？」我說。

「我啊，總覺得永遠沒辦法變成念書時所嚮往的大人。」

「是嗎？」我只能這麼回答。

「我啊，本來對自己有很大的期望的，本來有信心可以成為一個有擔當的大人的。」

「你是指不會開口閉口就是巨乳和女高中生的大人嗎？」我故意開他玩笑，沒想到島卻一臉嚴肅。「不是啦。」靜默了一會兒，又喃喃自語地說：「我問你，像『世界』、『未來』這些字啊，現在已經是死語了嗎？」

「應該還不是吧。」

「是嗎？還是安壘嗎。」

「安壘是什麼啊？」

「就是安全上壘啊。」

「擔心是不是死語之前，先管管你的日文正不正確吧。」

「安藤，我本來是要成為一個勇敢戰鬥的大人的。和人對決，可以改變世界那種。」

那你呢？島的語氣似乎在反問我。戰鬥？

「我們才畢業五年啊。」

「可是啊，我總覺得今後這一路走下去，不管再過幾年還是沒辦法成為一個有擔當的大人。」島把臉朝向店門口附近，大叫著：「諸君啊，你們感受到這股抖擻的風嗎？」

或許是被對方踢進球門了，放有電視的那頭傳來的並非歡呼聲，而是爆炸般的轟隆聲。

16

我把完全爛醉的島託給了女孩，趕在最後一刻衝進地鐵的末班電車，坐了一站抵達終點時，已經超過十二點了。

因為早上把腳踏車借給了潤也，所以只好走路回家。我穿過車站前的紅綠燈，走下和緩的斜坡。

車站附近還看得見三三兩兩的稀疏人影，愈往前走人也愈少了。漸漸地，四周已經沒有任何行人。在狹小的巷子裡拐了幾個彎之後，高聳的路燈也變少了，只聽見空氣中傳來陣陣電流的滋滋聲。

走了約二十分鐘，我感覺到似乎有人。雖然沒有聽見腳步聲，但感覺得到鞋子和路面磨擦時所發出的細微聲響。

於是我停下腳步向後看。

身後的巷子像一條發出微光的溪流似地向前延伸。我定睛看了又看，沒有任何人。

我再度邁開腳步，於此同時，背後傳來了鞋子貼上路面的聲音。

迅速轉過身去，還是沒有人，我只好繼續前進。

我逐漸加快腳步。

是誰在跟蹤我？目的是什麼？和遊樂園的意外有關係嗎？我被盯上了嗎？成了攻擊的目標了嗎？我做了什麼？用用你的腦，馬蓋先。

我停下腳步，閉上眼睛。把注意力集中在背後，但是什麼都感覺不到。

難道是肉眼看不到的東西正向我逼近？國中時代的老師曾經說過，「肉眼看不見的東西也會受傷」，相對的，也會「被肉眼看不見的東西傷害」。

睜開眼睛，繼續向前走。突然，我感到恐懼。

那種恐懼就像，深夜的陰暗和沒有燈火的巷子逐漸融解成液體，最後形成氾濫的河川，甚至是洪水從後方襲來。要被吞噬了。於是我拔腿跑了起來。

我停在某戶人家門口。一棟木造的兩層建築，遮雨窗緊閉著，被綁在院子裡的小狗不停對我吠叫。

黑暗中，隱約可見是一隻體形瘦小的咖啡色雜種狗，在狗屋旁不停繞圈，我以為牠要蹲下，沒想到牠卻對著緊閉的遮雨窗「汪汪汪！汪！」地叫了起來，片刻也靜不下來地繞圈，不斷地重複這兩個動作。

他是肚子餓了嗎？也或許是一個人怕孤單？

院子裡的冷氣室外機隆隆地運轉著，風扇轉動時吹得周邊植物不停地晃動。今天並不那麼熱，還是說這隻狗是嫉妒主人能夠吹冷氣睡覺？

看著在原地來回打轉的小狗，我突然想到一個實驗。

我想起寫在便條紙上列出的要點。腹語術只對人類有效嗎？對狗有用嗎？我決定試一試。我和狗之間距離不到十公尺，在三十步之內。

我瞪著狗，想像自己四肢趴在地上，與狗的身軀重疊。接著我感覺臉頰麻痺，於是屏住氣息，一口氣說出想好的臺詞。「我都還沒睡，你們人類憑什麼睡！混帳！」

睜開眼睛，我觀察著眼前的狗，用力吸氣。我並不期待，不過卻看見狗停下腳步，一屁股坐在地上。

我心想，該不會有什麼反應吧。沒想到狗「汪汪汪！汪！」地叫了起來。

「唉，對啊。」我心想。如果我不懂狗的語言，就無法知道腹語術有沒有效了。狗的吠叫聽起來和剛才沒有什麼不一樣。也就是說我的腹語術根本沒有發揮效果，這隻狗只是跟剛才一樣叫著罷了。也說不定在我來之前，牠就已經叫著「我都還沒睡，你們人類憑什麼睡！混帳！」

17

在昏暗巷子裡走了一會兒，突然前方迎面而來一輛腳踏車，我反射性地跳到一旁。

我心想，該不會是剛才那個跟蹤我的人繞到前面，弄了一輛腳踏車想從正面攻擊我吧。我愚蠢地叫出聲。

「哥，你在做什麼啊。」一陣短促的煞車聲，腳踏車停了下來。

「潤也？」我看了看對方，原來是潤也。「我才要問你在這裡做什麼呢。」

「因為那麼晚了你還沒回來，所以我想你該不會忘記把車借給我而正在找腳踏車吧。」潤也跳下腳踏車。

「所以你是來接我的嗎？」還好我們湊巧碰到了，如果沒遇上的話，他打算怎麼辦？

「我本來沒想到的，在家裡吃完晚餐後，詩織睡到一半突然醒了過來，覺得有不好的預感吧。因為你最近怪怪的，讓我有點擔心。」

「我怪怪的嗎？」

「很怪啊，太奇怪了。像完全無法理解的讀唇術，還有自從上次遊樂園的意外之後，每天都過得提心吊膽的。」

「你想太多了。」

「而且你的臉色也不好看，黑眼圈都跑出來了。是血液循環不好嗎？」

「可能是累了吧。」我選擇了一個曖昧卻很有說服力的答案。

「拜託你保重哦，哥。」潤也伸出了右手，放在我的背上。把因為膽怯而蜷曲著身體的我往前推。「回去吧。」

我和牽著腳踏車的潤也並肩向前走去。在昏暗的路燈照射下，和弟弟走在深夜街道上的感覺很不可思議，既感到難為情又十分懷念。

夜晚的道路向前延伸，我不太確定前方的路況，只能在死寂的路上擔心地走著。夜幕低垂，我們走在昏暗的柏油路上，兩旁住宅牆內的樹木彷彿伸掌遮天般在我們頭上伸長了枝椏，我不經意地想著，這就像人生在世走過的路啊。

自從高速公路的交通意外之後，我就在潤也的身旁，每天摸索著不明確的未來，一邊向前走去。有時還會受到潤也分不清是幫助還是揶揄的插手。我不知道目的地是哪裡，只因為前方有路，所以我拉著潤也一路往前走。

潤也或許也想著相同的事吧。不，這或許只是我的一廂情願，不久潤也開口說：

「哥。」

「什麼？」

「拜託你哦。」

「拜託我什麼？」

「拜託你不要突然消失哦。」

「什麼意思啊？」我反問。

「都是因為有你，我才有今天。如果你突然消失了，我會很害怕，會感到不安。」

「你已經有詩織了，沒什麼好怕吧。而且我能去哪裡？」

「去一個我不知道的地方。」潤也似乎不是指某個特定的，如「美國」、「美語補習班」之類的地點，而是更籠統的「某個地方」。比較接近我十幾歲時每次和朋友出去時發的牢騷。像是「有沒有什麼好玩的事情啊」中的「什麼」；或是「好想去什麼地方哦」的「什麼地方」。

「哥你很聰明，導致什麼事都想太多了。想太多的哥哥，有點可怕。」

「真正聰明的人，是不會想太多的。」

「因為有哥，我才能順利長這麼大。」這是潤也第一次對我說這種話。「也因為有哥，我才能這麼心靈平靜地懷念老爸和老媽。如果不是這樣的話，我一定會因為擔心、不安和孤獨而暴斃的，暴斃哦。」

「哪有人會因為擔心而暴斃的。」

「反正啊，哥，你要向我保證不會有一天突然丟下我們消失。」

「什麼保證，太噁心了吧。」我說，「好，我向你保證。」接著我向潤也承諾：

「不信我跟你打賭。」

「要賭什麼呀。」潤也苦笑著說，「如果沒有自信，可千萬不要和人打賭。」

腳下的道路成了和緩的上坡。

「如果那麼愛煩惱，不如多想些身邊的事情吧。」爬上斜坡，道路恢復平坦時，潤也突然語氣改變了。

「身邊的事情是指什麼？」對我來說，身邊的事情指的就是形體不明的灰暗心情、島朗誦的宮澤賢治的詩、犬養的支持率，但對潤也來說或許並非如此。

「這個嘛，像是……」潤也歪著頭想了一下。「像是那隻蟲怎麼樣，哥。」

「那隻蟲是什麼？」

「張牙舞爪、荒野一匹狼。」

「啊，」我說，「非得聊蟑螂不可嗎？」

潤也小時候很討厭「蟑螂」這個名稱，當然對蟑螂本身也莫名地厭惡，於是他選擇了用「張牙舞爪、荒野一匹狼」這樣的說法來取代原本的名稱。把這最前面和最後兩個字合起來就是「蟑螂」了。

「其實很有趣哦，雖然令人不舒服，卻是很有趣的生物。」

「是嗎？」

「哥你知道為什麼那種昆蟲那麼惹人嫌嗎？」

「為什麼？」

「多想想這種問題吧，馬蓋先。這才是比較貼近身邊的事情，也實際多了。」

我心想，真是個無聊的話題，但我知道潤也這麼說是為了不讓我想太多。「那是因為牠的動作太快了，所以大家才會那麼討厭牠。」

「動作太快？真的假的？」潤也笑了。

「真的啦。如果牠的動作像烏龜那麼慢，就不會這麼惹人嫌了。你不覺得嗎？」

我邊想像著蟑螂的模樣。一隻淺褐色、軀體扁平的昆蟲，慢慢地在牆壁上爬行。就算靠近牠也不會跑走，只是神態自如地慢慢貼著牆壁。「想一想，你不覺得很可悲嗎？一定是牠那神速的動作讓大家覺得害怕。因為看到那種全能的樣子，所以人們才會嚇得發抖。」

「的確，那個速度真的很嚇人。但是啊，我還是覺得是牠的名字不好。」

「名字嗎？」

「當然啊。因為牠的名字又是蟑、又是螂的，感覺很討厭啊。如果是像『溪流聲』或是『更科（註）』這種優美的名稱，就不會這麼糟了。」

「說到這個，蟑螂的英文叫cockroach。念起來或許很可愛，不過外國人還是討厭牠吧。」

「這種昆蟲在英語系國家也惹人嫌嗎？」

註：昔日蕎麥主產地信州地方更級和保科兩户生產蕎麥人家的合稱，之後成爲高級蕎麥的代名詞。

「我沒聽說過，不過應該也是惹人嫌吧。」

「看吧，你也不知道。說不定在cockroach圈裡，他們還滿受喜愛的。」

「不可能，」我說。潤也的右手放開龍頭，抓了抓鼻頭說：「那就是那個了，牠們不是會飛嗎？會向著人飛過來，所以才惹人嫌。」

這一點我同意。「會飛的確很恐怖，但是獨角仙、蝴蝶也會飛啊。而且獨角仙的名字也沒有多好聽。」

「這麼說是沒錯啦，那會不會是因為蟑螂總是鬼鬼祟祟的，這一點很討厭。」

「這不是和我剛才說的『動作太快』一樣嗎？」我開玩笑地說。

潤也「啊！」地叫了一聲，皺起了眉頭，「還有那個啊，牠們不是很頑強嗎？聽說只靠水也能活幾個月耶，只要吃些灰塵之類的。」

「聽說牠們還會吃同類哦。」

「真是太厲害了，我佩服牠們。」潤也動了動身體，彷彿要把寒意甩開似的。腳踏車發出了細微的聲響。這實在不像兄弟在深夜裡並肩行走時應該聊的話題。

「哎，哥。」過了一會兒潤也開口了。

「嗯？」

「像這樣聊些愚蠢的話題，不是快樂多了嗎？不要老是皺著眉頭想些困難的事嘛。」

「你是叫我沒事就想想蟑螂嗎？」

「是潺潺吧。」

「這麼快就取好新名字了啊？」我大笑。

18

隔天早上我難得睡過頭了。早上在床上睜開眼睛時，已經八點五十分了，我拿起枕邊的電話筒，撥了通電話到公司。是滿智子接的。「我會遲到一個小時左右，幫我跟課長說一聲。」

「你會來吧。」

「應該會。」我說。

「那下班後陪我。」

「又去居酒屋嗎?妳那麼容易醉，我很辛苦耶。」

「不是啦，今天啊，要去聽現場演唱。」滿智子接著說了一個日本搖滾樂團的團名，「我好不容易才拿到票的。」

「但是今天傍晚有一個會議，」我在腦中確認著當天的時程。「下個月到九州出差的行前會議。」

「安藤，人不能只靠麵包過活哦。」

「妳是叫我棄工作而優先選擇搖滾樂團嗎？」

「安藤你真的是滿嘴大道理耶。」

「下一個女朋友大概也會這麼說吧，我已經做好心理準備了。」

到了公司之後，我被部門裡異常開朗的氣氛嚇到。雖然沒有明顯的喧鬧，所有人對著電腦螢幕不斷敲打鍵盤的畫面也一如往常，但空氣中就是洋溢著一股霧氣散去的輕爽感，好奇怪，讓人不禁想偏起頭嘀咕「怎麼啦？」

到了座位，打開電腦電源、放下公事包後，我探頭問隔壁的滿智子，「發生什麼事了？」

「啊，」滿智子點點頭。她的樣子看起來就像是刻意壓抑心中的喜悅一般，雙唇豔魅地開闔了兩、三次，說：「聽說課長短期內不會進公司了。」

我轉向右邊，看了看課長的座位。或許是因為課長的個性比較積極，只要有工作，不管大小事都會一頭栽進去，常常不在公司，所以課長不在座位並不是什麼稀奇的事，但是「短期內不會進公司」就很不尋常了。

「什麼意思？」

「剛才課長的太太到公司找部長，聽說要住院一個月左右。」

「什麼病能讓那個課長病倒？」

「我也不知道，不過，人家不是都說病由心生嗎？」

「課長的強烈意志本身就是一種病吧。」

「之前不是發生了那件事嗎？」滿智子突然壓低嗓門。我不懂她的意思，皺著眉頭，「就是那個啊。」她砰砰地敲著桌子說：「那個奇蹟、奇蹟啊。」

「啊——」我吐了口氣，恍然大悟中帶著困惑：「妳是說平田那件事。」

「那件事好像帶給他很大的打擊哦，部長剛才過來，拐彎抹角地到處問有沒有人知道課長為了什麼那麼煩心。」

「這種事要怎麼拐彎抹角地問啊？」我聳聳肩。

接著我看向左邊，透過我辦公桌上的電腦主機和滿智子的螢幕間隙看向平田。平田的表情和平常一樣認真，只是似乎少了一點平日那種小心翼翼的感覺。

「平田前輩，今天的行前會議怎麼辦？」坐在我正後方的後輩問平田。從年齡來看，平田輩份僅次於課長，但以前卻鮮少有人在工作上徵詢他的意見。

「行前會議呀，」平田口氣明確，站了起來。「今天的行前會議應該怎麼辦呢？」他客氣地問我和滿智子。

「怎麼辦呢？」滿智子閃爍其詞，眼角瞄了我一眼。

「怎麼辦呢？」我也說。

「下個月是誰要去九州出差的？」平田說完，後輩就舉起手，並且指了指我說：「還有安藤前輩。」

啊，對哦。我連忙舉起手。

「怎麼樣？現在就開始準備比較好吧？」平田向大家確認，給人很可靠的感覺，我也很自然地回答：「不過客戶那邊也還沒排好時間。」

「那今天大家就早一點回家吧？」平田開朗地說。

「哦，好耶。」後輩開懷地笑了。

「好耶。」滿智子也高聲地說，露出「晚上的現場演唱去得成了」的眼神。

「好耶。」我回答，並且看著滿面笑容的平田眼角的魚尾紋。

接著我看著眼前的電腦螢幕，咦，怎麼回事？明明已經開機了，螢幕上卻沒有任何畫面。我站起來探出身子，把耳朵貼在電腦主機上，按下強制關機的按鍵。過了一分鐘左右，重新開機，依舊沒有任何反應。我再次確認了主要電源，還是不行。

「昨天停過電嗎？」我仍站著，問了坐在前方的後輩。

「應該沒有哦。」

「我想也是。」如果是停電，電力恢復時由於電流快速通過，有可能造成電腦的電源部分損壞，但我想原因應該不在此。

只有我的電腦不會動。

我坐了下來，托著下巴，瞪著漆黑一片的螢幕。不禁心想，這跟遊樂園的意外和深夜被跟蹤的事情會不會有關？

好久沒有看搖滾樂團的現場演唱了。

音樂酒吧在距藤澤金剛町車站步行約十分鐘的一棟老舊大樓地下室裡。滿智子說想要買到這個樂團的票，需要足夠的決心和僥倖，看來並不是騙人的。因為整個酒吧裡擠到根本難以呼吸，入口外還有幾名高中女生想買別人讓出的票。

「滿智子，妳喜歡這個樂團嗎？」

滿智子搖搖頭。「也沒特別喜歡。」

「那為什麼找我來？」

「聽到很難買，你不會很想買到手嗎？要是有人告訴你很難得才能看到這場表演，不會很想看嗎？」

「妳是不是那種相信土龍（註）存在的人？」

「我討厭蟲。」

正當我想說「土龍不是蟲」的時候，演奏開始了。所有觀眾齊聲歡呼，上下搖晃著身體。所有人用力擺著頭，地板不停震動。前面的年輕人不停地撞我，吉他的轟隆巨響侵襲我的雙耳。我聽不清楚麥克風傳出的聲音，觀眾們紛紛握拳或伸出食指，大聲吼叫著。

我的腳底開始發麻，音樂的震動連帶鞋帶也震動了起來。理了小平頭的主唱緊靠著麥克風架唱歌，時而輕聲呢喃，時而大聲吼叫。過了一會兒，我終於習慣了曲調旋律，慢慢地身體搖動得愈來愈激烈了。

第一首曲子才剛唱完，第二首馬上接著開始。觀眾突然「嘩！」的一聲，後面的人突然就推了上來，我被推得向前一、兩步，撞在前排觀眾的背上。接著又「哇！」的一聲，大家一起向後退，我又被推得撞到後面的觀眾。簡直是動彈不得。

第二首結束後，演奏也停止了，主唱向大家打招呼。他說話像在自言自語，完全聽不清楚。觀眾從四面八方叫著樂團團員名字。一旁的滿智子也跟著鼓譟，大叫著「土龍——」真是莫名其妙。

我實在喘不過氣，於是試著調整呼吸，同時環顧整個場地。突然我發現某個人，一句「Duce......」不禁脫口說出。

「Duce」的老闆靠在會場的右側牆邊。五分平頭加上看來冷淡的單眼皮，短袖袖口下露出粗壯的手臂。我想開口叫他，音樂卻在此時又響了起來。四周開始跳起波浪舞，大家舞動著身體，我彷彿置身於不知是固體還是液體的沼澤之中。

曲子結束後有一小段空檔，樂團演奏起一段詼諧的中板節奏，主唱則在前方擺出游泳動作，在舞臺上來回跑來跑去，接著突然握拳向前，大喊：「國王的命令是絕對的嗎？」

真無聊。哪有這種口號？我一個人覺得無趣，但觀眾們卻都大喊：「絕對的！」聽起來像是爆炸後的回聲。

主唱露出一抹無所畏懼的笑容，又叫著：「國王叫你們燃燒，你們燃燒嗎？」

觀眾的叫聲響起，所有人不斷喊著：「燃燒！燃燒！燃燒！」沒有人問到底要燃燒什麼？也沒人質疑這個國家根本沒有國王的制度。觀眾只是叫喊著。接著在「燃燒倫敦吧！」的叫聲之中，開始了〈London is Burning〉的前奏。

註：土の子，一種日本傳說中的生物。

不曉得觀眾知不知道這首曲子其實是七零年代英國樂團的歌曲，或許根本沒有人知道，大家只是像剛才一樣舞動著。

主唱又在叫吼了，反正就是什麼國王、什麼燃燒的。

觀眾又齊聲回應著主唱，我也跟著大家一起叫。此時我的腦中突然浮現一個記憶——那天西瓜籽的排列。一想到這裡，我的手臂到背部立刻爬滿了雞皮疙瘩。我想起法西斯這個字的本意，「將幾把槍枝前端綁緊豎起」。

我們太容易被統一了。驚覺此事後，我茫然佇立，動也動不了。正當我移動視線，想要找出脫離這裡的路線時，「Duce」老闆的身影進入我的眼簾。

「沒想到會在這裡遇到老闆。」爬上酒吧樓梯直抵出口之際，我喊住了老闆。看完兩個小時的現場演唱，晚風吹拂著滿身是汗的身體，實在非常舒服。

「還滿有趣的啊，安藤。」滿智子從後面跟了上來，聲音聽來十分雀躍。「壓力總算消除了。」滿智子猶如做伸展操一般伸了個懶腰，露出神清氣爽的笑容。

「是啊。」我一邊回答，一邊猶豫著要不要繼續和老闆的對話時，滿智子揮著手對我說：「那就拜拜了，安藤。」接著轉身而去，「喀喀喀」地踩著高跟涼鞋向前走，跑到馬路邊攔下一部計程車。

「你不用跟她一起走嗎？」老闆挑著眉毛說。
「似乎不用。」
「你們不是男女朋友？」
「連男女朋友的前一個階段都不是。」
「那我們聊一聊吧？」
這句話的措詞和老闆彷彿刻在石塊上的表情非常不相稱，我有點困惑。

19

「老闆你也喜歡那個樂團嗎？」我和老闆面對面坐在咖啡廳裡。這棟大樓的二樓到十樓都是特種行業，只有一樓是咖啡廳。招牌上寫著營業到深夜兩點，但女店長卻托著腮在吧檯裡睡覺。她不時睜開眼睛，拿著一根像是枴杖的棒狀物不停向天花板頂，像是在趕老鼠。
店裡的冷氣滿強的，身上的汗已經乾了，甚至覺得有點冷，我連忙穿上西裝外套。
「不，我也是第一次聽他們的現場演唱。」老闆啜了一口奶茶。
我有點納悶。今天的老板和平常在「Duce」時很不一樣，但似乎不是因為店裡是他工作的地方。老實說，在我感覺判若兩人。外表雖然是老闆，卻是有個誰披著老闆的外皮。

「那你只是剛好來看嘍？」

「因為你在這裡。」

開玩笑的吧？我裝做沒聽見。

「不過，我好久沒聽那樣的音樂了。果然還是很棒。」老闆說。

「你說搖滾樂團？」

「其實我喜歡的是群聚。不只是人，只要是大量聚集、集體行動的我都喜歡。像是整群的蝗蟲，或是工蟻的隊伍之類的。」

「安靜經營著酒吧的老闆，感覺和群聚完全搭不上關係啊。」

「或許是一種反動吧。」

「反動？」

「大多數的事物都是因為反動而起。舉例來說，」不知不覺，老闆客氣的措詞和應對鬆懈了許多。就像拍打著岸邊的海浪，隨著時間的經過會顯露不同的風情，他也逐漸露出不同於剛才的神情，自然地改變了說話的語氣。「刺激冒險的電影流行一陣子之後，就會流行溫馨的愛情文藝片；肥皀劇的時代結束後，自然寫實片的時代就會受到青睞；天才型的足球選手大受歡迎之後，勤能補拙型的棒球選手便會受到矚目；若有平穩、細膩的作品受到高度評價，接著便會流行粗獷、曲折離奇的冒險小說。所有人都想反其道而行，而這股力量便會成為新的潮流。都是這樣的。」

「反動？」

「剛才在音樂酒吧裡，」老闆伸出食指指著我，「你看起來有點奇怪。」

「奇怪？」

「到了後半段時，四周的觀眾都很興奮，只有你突然一臉嚴肅，就好像一個人佇立在河川中央動彈不得。」

「嗯。」

「你閉著眼睛，甚至還閉氣，而且重複了好幾次。」蓄著五分平頭的老闆眼神十分銳利，眼瞳輪廓清晰，閃耀著光芒，而且能迅速捕捉到焦點。我不禁擔心起眼前這個人真的是「Duce」的老闆嗎?他說話的語氣與魄力都和平常不同。

「你注意到了嗎？」老闆繼續說：「那個樂團不是在中途突然唱起約翰藍儂的歌嗎？」

「〈Imagine〉」。

「是〈Imagine〉沒錯。」老闆點了點頭。

「他們唱了嗎？」

「唱了啊。男主唱在兩首曲子之間的空檔，對著麥克風喃喃自語著，然後就突然唱了起來，只有副歌的部分。」

「啊，好像是耶。」我故意裝傻，看了看老闆。「那也是演出的一部分吧。」

「實在非常突兀。」

會覺得突兀也是理所當然，因為那是我讓他唱出來的。我趁著歌曲結束後的短暫休息，閉上了眼睛，設法讓意識凌駕觀眾的腳踏聲和歡呼聲、「鏘鏘鏘」的貝斯調音聲和銅鈸聲，提高注意力，將自己的身體和舞臺上的主唱重疊。雖然他背對著我，但我努力想像他和觀眾們面對面的景象，潛入了身穿皮褲的男主唱的皮膚之中，然後哼唱著約翰藍儂的曲子。因為當時屏住了呼吸，所以只能唱副歌的那一小段，但仍是一口氣唱完。

事情進行得相當順利。男主唱以不同於我的音量和比我更優美的音色當場就唱出了我內心哼唱的旋律。瞬間，樂團成員每個都一臉狐疑地看著主唱，但或許認為他這麼做是有原因的，沒有任何人質疑到底怎麼回事。而且事情發生在一瞬間，很多觀眾應該都沒有發現。緊接下一首歌的音樂響起，觀眾們又舞動了起來，連續大聲叫著：「國王的命令是絕對的！」怎麼又是這句話啊，真是夠了。

「後來你的臉就變得很嚴肅。」

「老闆，你是來聽現場演唱，還是來看我的啊。」我半開玩笑地刺探著說。

老闆還是一本正經的表情，「你身在觀眾之中都在想些什麼？看來不像是害怕有生命危險，或擔心音量過大讓你重聽，而像是感受到更嚴重、更巨大的恐懼。」

「嗯。」我點點頭，「嗯，你說的對。」演唱會的後半段，在我腦中盤旋不去的就是先前看過的「西瓜籽排列」的作嘔感還有因此被嚇呆的我。「在人群之中，我想起了一件事。」我想找出自己這股害怕究竟從何而來。

「想起什麼？」

「以前讀過的一本書，描述殺人犯在殺人之前的心理狀態。」

老闆閉上眼睛，彷彿在催促我繼續往下說。

「基本上，人類對殺人是抗拒的。應該說，任何動物都是如此。作者認為動物都會盡可能不殺害同類。亦即，即使面對敵人，我們也都會避開殺害對方的方法。」

「但是戰爭的時候，人會自相殘殺。」

「殺人時有幾項必要因素，那本書裡舉了一個很有趣的例子——從戰場上回來的軍人被問起『為什麼殺人？』你覺得最多人回答什麼？」

「為了不被別人殺死？」

「我本來也是這麼覺得，但是這本書上說，最多人的答案是……」

「是什麼？」

「『因為長官的命令』。」

「原來如此。」

「其他的實驗也證實了這個說法。只要接受命令，即使這件事讓當事人多麼痛苦，最後還是會去執行命令。」

「其他的必要因素是什麼？」

「集體行動。」說到此，我的腦中馬上浮現了西瓜籽、音樂酒吧的觀眾、列隊前進的軍隊。「集體行動會減輕犯罪意識，彼此更會互相監視、牽制，在執行命令時互相支援。」

「集體行動啊。」

「剛才擠在那群觀眾裡時，我感覺到那種恐懼。在舞臺上煽動人群的搖滾樂團、感覺不到犯罪意識的群眾，還有一致性。」

「你覺得如果樂團發出命令，教唆大家殺人，也有可能真的發生？」老闆的雙眼反射著店裡的燈光，就像蠟燭的火焰一樣閃爍不停。

「說得極端點，就是如此。」我坦率地承認。如果剛才握著麥克風架的男子大叫：「去放火！」說不定觀眾之中會有人真的去放火。若是他煽動大家「揍旁邊的觀眾！」

說不定會有人一邊傻笑，一邊揮舞著拳頭向我揍過來。「而且我注意到了一件事。」

「什麼事？」

「說不定法西斯比我想像中更容易發生。」

這時老闆低下頭，發出窸窸窣窣的聲音。我以為他在咳嗽，才發現他正在偷笑。

「很好笑嗎？」我有點難為情地笑了。

「因為法西斯這個名詞真令人感到不好意思。」他不甚愉快地說。「但是，這真是個很有力的意見。我有一個疑問。」

「嗯。」我和老闆之間，已經不是顧客和經營者的關係了，比較像是學生和老師。那也是當然的，因為這裡並不是「Duce」，不過這樣的改變也讓我感到惶恐。

「法西斯到底哪裡不好了？」老闆的語氣不是疑問，而是感嘆。

「哪裡不好？」

「假設問題在於法西斯的定義。」

「墨索里尼曾經說過，」我想起之前曾聽過一件事。「非常可惜地，法西斯不是一種思想，而是一種行動。」

「這或許是正確的。」老闆點點頭，「法西斯是一種行動。也就是說，是很基本的。而這個行動有什麼問題呢？我不覺得有任何問題。假設我們都抱持著強烈的國家意識，都有身為國民一分子的自覺，所以舉國上下都非常團結，」他停了一下，接著說：「這樣會有什麼問題呢？」

「希特勒虐殺了六百萬人耶。」

「那民主主義就是好的嗎？民主主義殺了多少人？整個社會都是被寵壞的、傲慢的年輕人，還有一些對自己以外的事物絲毫不感興趣的人。他們都是些只懂得透過網路和外界溝通的傢伙。所有人都被各式各樣的資訊麻痺了頭腦。住宅區裡不斷發生青少年險被綁架的事件，性病在十幾歲的年輕人之間蔓延。這樣的世界是正常的嗎？」

「老闆你想對我說什麼？我不懂。」

「就是反動啊。」老闆說：「你不覺得所有人都把自由、民主這些事情看得太重要了嗎？統率是必須的。」

「你是說法西斯化嗎？」

「只要說到統率，就聯想到法西斯。而且還只會聯想到以前的帝國主義和軍國主義，這樣的想法是很危險的。難道不是嗎？這就好像爸爸對孩子提議說：『去兜風吧。』結果孩子大聲嚷嚷：『爸爸，車子會撞到人，很危險。』一樣的道理。開車兜風不一定會撞到人，也可能在兜風時感受到幸福。」

「我不懂你的意思。」

「套句尼采的話，我們的靈魂由於不懂偉大的事物，所以超人展現的溫柔，也會被當作是可怕的事物。」

「我不懂。」

「那這麼說好了，」老闆再度豎起食指，「假設這個國家的所有國民，不，不用全部，半數就好了。數千萬人因為某種目的而聚集在廣場上，每個人手上都拿著蠟燭。」

「這是假設吧。」

「當然。數千萬人騰出時間，高舉蠟燭為了某人祈禱。」

「所以這個蠟燭是代表和平、祈禱感情這一類的暗喻嗎？」

「都可以，換成花束也可以。」老闆很快地回答，「如果真的發生這樣的事，你不覺得世界上大半的問題都能獲得解決嗎？」

「啊？」

「半數以上的人都願意為了自己以外的事物點起蠟燭、捧起花束，如果大家都有這樣的意識，世界一定會很和平。」

「相反地，如果大家都漠不關心，世界就完了嗎？」我想起德蕾莎修女的名言：「愛的反面不是恨，而是漠不關心」。

「有點不一樣。總而言之，我想問的是，如果全部的人團結一致，有共通的意識，那麼點燃蠟燭這件事不就是法西斯？不就是統一的行動嗎？」

我還是不懂老闆話中的涵義，不禁語塞。我無法分辨該不該批評那些高舉蠟燭的集團就是法西斯。

「再這樣下去，這個國家就完蛋了。」

用用你的腦啊，馬蓋仙。我在腦中拚命地猜測老闆的想法，他想做什麼？為什麼對我說這些話？

「不管什麼事，我們都任由美國擺布，讓他們把沒有經過安全認證的食物賣進來，莫名其妙地被捲入明明是他們發動的戰爭裡，隨意更改遊戲規則的也是他們。」

「不過，接受這些事實的，是我們選出來的政治家，不是嗎？」

「不對。沒有人選。沒有人選出任何政治家。因為沒有人選，所以才會變成這樣。」

老闆的語氣愈來愈激昂，那股激昂和搭電車時坐在我身邊的島非常接近。「你是說犬養嗎？」我洩氣地問。難道老闆也欣賞犬養嗎？

「那個政治家很有才能，有力量。是百年難得一見的政治家。」

「你支持他嗎？」

「不是支持，是守護。守護他，讓他茁壯。」

「就像親衛隊那樣？」我試著想像希特勒追隨者的模樣，不過老闆所說的，又好像和我想像的不同。

「你知道這個故事嗎？有隻猴子會說人話，牠以為只有自己擁有這個能力，所以刻意隱瞞，不讓同伴知道。因為害怕被大家排擠。」

「你說的是進化嗎？」

「那隻猴子常常在練習說話的時候，想著有一天要把這件事告訴同伴。過了很久之後，才向身邊比較親近的猴子坦白這件事。」

「說牠會說話？」以語言透露自己會說話一事，實在非常弔詭。「透過語言來說明自己會說話，這不是很矛盾嗎？」

「牠的猴子朋友聽到後，非常驚訝地對牠說：『什麼？我也會說話啊。』」

「這個故事要告訴我們什麼？」

「也就是說，許多得到某物的人都深信只有自己擁有這樣東西。」老闆突然回復了平常在「Duce」裡客氣的語氣。

「啊？」

「也就是說，每個人都認為只有自己是最特別的。」

不久，我們離開了那家店。

老闆與我告別後，便轉身走向計程車。看著他離去的背影，我才突然想起，「Duce」其實就是義大利文「領袖」的意思。對呀，墨索里尼就被稱為Duce。

20

我回到家之後，發現潤也還醒著，似乎正在客廳裡看足球比賽。他穿著及膝的牛仔褲和黑色T恤。T恤的背後有白字寫著「不要以為這邊是背後」的英文。他很喜歡那件T恤。詩織在一旁靠著他的肩膀睡著了。

「哥，你回來啦。」潤也緊盯著電視畫面，伸出手向我打了聲招呼。

「日本代表隊？」

「是友誼表演賽，和美國隊。」潤也回答。我的身體突然不自覺有了反應。「怎麼偏偏是美國。」我說。

「偏偏？為什麼這麼說？」潤也看了我一眼。正好中場休息，電視裡傳來廣告的畫面。

「這之前不是播過了嗎？」前幾天我和島去居酒屋的時候，也播放了足球比賽的實況轉播，而且偏偏就是日本對中國。

「今天的世代不一樣。」潤也說。
「什麼世代不世代的？」
「有年齡限制啊。不同年齡參加的比賽是不一樣的，今天轉播的賽事是比前幾天年輕的隊伍。」
我把公事包放在一旁，脫下西裝外套，掛到衣架上。
「今天去哪裡了？和朋友去喝酒嗎？」
「去聽現場演唱。」
聽到我這麼說，潤也抬頭看著我。「哪一種的？」
「搖滾樂團的。」
這時電視畫面再度傳來球場轉播的聲音，後半場比賽開始了。
「現在哪一隊贏？」
「一比零，日本隊領先。」
「是嗎？」
「不過，總覺得氣氛不舒服。」潤也一臉洩氣樣引起我的好奇。「氣氛？」我問。
「球場氣氛啊。美國隊的球迷很亢奮，真的很誇張。」
「足球在美國應該沒這麼受歡迎吧？」

「什麼運動都一樣，觀賽時都會很亢奮的。」

我這時才坐下，整個人幾乎趴在矮桌上，盯著電視螢幕。裁判吹起哨音的同時，日本隊的選手將球踢出。翠綠色的球場草皮十分眩目。

「哥，你還好吧。」潤也的視線回到電視上，頭也不回地說。

「什麼還好？」

「就是我之前說過的啊，你最近常常若有所思的。」

我不知道說些什麼好。想起剛才「Duce」老闆的話，他到底想跟我說什麼？想向我傳達什麼？或是想試探什麼嗎？用用你的腦啊。不過，就算我用腦了，找得到答案嗎？

我思索著要怎麼回答潤也，不經意地別開視線，突然發現桌上放著一本文庫本。書上包著書店的紙書衣，有一點厚度。我慢慢伸出手，在翻開封面之前，想像著這本書的作者會是誰。

「那本書很棒哦，哥。」潤也斜眼瞄到我的動作，他說：「是宮澤賢治的詩集，詩織買的。」

「果然。」我拿起書。「最近很流行宮澤賢治。」

「是嗎？」

「至少我身邊的朋友都在看。」我迅速地翻著書。「這幾個摺起來的地方是什麼？」我指著書頁的右上角。潤也看了一眼，說：「哦，我和詩織把特別喜歡的地方摺起來，你也讀一讀吧，很棒哦。」

就算潤也不說，我已經讀起那幾頁了。首先映入眼簾的，是島之前在居酒屋裡朗誦的「諸君啊，這股抖擻」那一首。

「最後那篇還滿震撼的哦，哥。」潤也說，「那篇〈以眼傳意〉。」

「嗯。」我剛好翻到潤也說的篇章，於是快速地讀過一遍。

不行了

停不下來了

源源不絕地湧出

這幾句是這首詩的開頭。到底是什麼湧出來？下一行答案揭曉了。

從昨夜起就睡不著覺，血也不停湧出

原來是血。這是一首臨死前的詩嗎？雖然看不出是什麼人為什麼而死，卻在進退兩難的狀態下，傳達了作者的存在。

再往下讀，心情就愈覺得不可思議。這是描述死亡的場景，本應讓人感到心神不寧，但這首詩卻隱約帶著清新的氣息。就像「死亡」原本就在遙遠的地方一樣，感覺非常悠閒。

「哥，怎麼樣，不錯吧？」

「嗯，很棒。」我闔上書。雖然不到感動的程度，但卻也感到一股神奇的清新感受。「我先去沖個澡，全身都是汗。」雖然並沒有汗水乾掉之後的黏膩感，但是不沖個澡實在不舒服。

「幫我關一下客廳的電燈吧。」潤也說。於是我走出客廳時，便順手按下了牆壁的開關。

「熄燈囉。」已經睡著的詩織說。

洗完澡後，我在洗臉臺前把頭髮吹乾，刷完牙，穿上睡衣，再回到客廳一看，潤也也已經睡著了。他靠在詩織身邊，緊閉著雙眼。他沒有打鼾，傳來穩定的鼻息。電視還是開著。

我坐下來看著電視，足球比賽已經結束了。不知道到底發生了什麼事，日本隊最終以四比一輸了這場比賽。一個蓄著鬍像是解說員的人在攝影棚裡露出不甚愉快的表情，盤起胳膊地說：「這種輸法實在難以置信。」

此時我突然想試試腹語術。我想知道對著電視機裡的人有沒有效果。

我盯著蓄鬍解說員，感覺像要進入他的皮膚之中。我閉上了眼，想像自己穿過電視螢幕的外膜，同時心想，如果真的可以辦到，那應用範圍就大多了。如果透過電視螢幕也能使用這個能力的話，那麼腹語術的對象幾乎是無限寬廣。不要說是日本首相，就連美國總統也沒問題。我能透過電視螢幕讓知名人士說出我心中想說的話。當然也包括了犬養。

我努力集中意識，屏住了呼吸。

就結論來說，這次的實驗失敗了。我幾次試著進入蓄鬍解說員的身體中，想讓他說出「吃虧就是占便宜」這種無聊的格言，但是失敗了。之後螢幕跳到日本代表隊隊長穿著滿身是土的制服接受訪問的畫面。當然我又試了一次腹語術，但還是無法如願。

21

隔天中午我到附近簡餐店吃午餐，回到公司後，平田對我說：「安藤，可以幫個忙嗎？」

我把皮夾放回座位之後，跟在平田身後來到位於樓層最角落的置物櫃前。一整排死氣沉沉的鐵灰色置物櫃裡，塞滿了檔案夾、紀錄文件、報紙和雜誌，多到滿了出來，堆到地上。

「我想把這些綁好拿出去丟，但實在太多了。」他很不習慣對人發號施令。「不好意思，午休時間還要麻煩你。」

「沒關係，反正我的電腦壞掉，而且剛好沒什麼事情要忙。」即便有電腦，也只是寫寫郵件、上上網，做些沒有意義事情罷了。「外面好像要下雨了。」

「你的電腦故障了嗎？」

「我剛才已經送到資產管理部了。按了電源，都沒任何反應。目前暫時要用電腦的話，就到隔壁課先找空著沒人用的。」

「現在只要沒有電腦，就什麼事也做不了啊。」

我和平田蹲在地上，拿起剪刀和事務用黑繩，綑綁起舊雜誌。

「這些到底都是誰買的呀？」我看著堆在面前的商業雜誌。「和我們的工作好像沒什麼關係。」

「一定是課長吧。」平田的語氣完全沒有揶揄因病療養的課長的感覺。「課長很喜歡這類的雜誌。」

「平田，你和課長認識很久了嗎？」從剛才的語氣聽起來，答案似乎是肯定的。

「剛進公司時，他是同課裡的前輩，對我很照顧。」

「他以前就這樣了嗎？」

「以前更誇張。」平田笑了，彷彿懷念起從前的時光。接著又模仿課長的口頭禪說：「你給我做好心理準備！」平常總是沒什麼自信的平田，這時也沒什麼自信，模仿得一點也不像。

我看了一眼從雜誌堆裡滑下的一本雜誌，跨頁的採訪報導中，登著一張犬養的照片。我連忙迅速瀏覽一遍，接著看了封面，是五年前的雜誌了。當時三十四歲的犬養有著一張和現在一樣充滿權威的面貌，還帶著一絲脫俗及乾淨俐落的年輕氣息。報導裡介紹犬養擔任某財團企業所發行的專業報紙的主編，他在文章中說明了自己的理念。大部分的內容和現在的他所鼓吹的並無二致，這一點讓我很驚訝。他在採訪裡感嘆政治家沒有責任感，「光會說些好聽的話，無法做任何決定，也無法斷言任何事，恣意解釋憲法等各項法律，只會欺騙民眾，厚顏無恥地拖到任期結束」，如果是他，一定會更簡單明瞭、更有自信地帶領民眾走向正確的道路。和現在相比，他的態度絲毫未曾動搖。

採訪者問犬養：「既然如此，你有沒有考慮過也成為政治家？」他坦然地說：「總有一天應該會吧。」接著還說這個國家的國民最基本的喜悅就是「你不懂這些吧」的優越感，而他認為網路助長了這種優越感，如果自己成為政治家，應該會有效地利用這一點。

「安藤，」平田擔心地對我說：「你還好吧？不舒服的話不用勉強哦。」

「啊，我沒事。」也許心理作用吧，總覺得胸口悶悶的，喘不過氣來。

結果我們一直整理雜誌和紀錄文件到午休結束後約一個小時，我趁著客戶打電話給我的時候，若無其事地回到工作崗位。平田也告訴我：「到一個段落就收拾一下。」

過了一會兒，只見我的電腦包著一層緩衝材被搬回來了，應該是修好了吧。

「放這裡好吧？」年輕的資產管理部員工說。雖然他說話有點裝熟，但是並不讓人討厭。他說因為某員工身體狀況不佳，所以自己最近在資產管理部代班。

說完他把緩衝材打開，幫我接上了插頭和線路。我只是在一旁看，有點閒得慌，於是搭話問他：「你是哪一個部門的？」

「其實我本來是負責調查的。」他一邊調整電腦螢幕說。

「調查？」我想不出公司裡是否有這個部門。

「明明已經知道結果，卻還要調查，沒有比這個更麻煩的了。」他嘀咕著，側臉顯露出他的機敏和冷酷。我只是觀察著他，就感覺一陣寒意，讓我打了一個哆嗦，還難得起了雞皮疙瘩。

「那就這樣了。」

「謝了。」我坐回自己的座位。

「其實這次根本沒什麼時間調查，我自己都很不能接受。」聽到他離開前這麼說，我不禁皺了皺眉頭，心想「調查電腦嗎？」納悶地看了一眼他胸前的名牌。

看著他挺直腰桿地走出辦公室，我突然想，待會兒應該問問和我同時期進公司的人事部同事，向他打聽一下資產管理部門的千葉是怎麼樣的人。

我按下電腦開關。

「這麼快就修好了，真難得。」滿智子說。「是叫我早點認真工作吧。」我聳聳肩。主機的風扇開始轉動，但是螢幕上還是沒有任何訊號。

完全沒有任何訊號。

一片漆黑。

真是奇怪了，我歪頭納悶。接著關掉電源，重新開機，這次風扇不轉了。電腦完全沒有反應。

「安藤，怎麼樣？還是不會動嗎？」

「嗯，真是奇怪了。」我說。突然覺得胸口悶悶的。正覺得奇怪，之後就倒在地上了。不管我怎麼呼吸，就是吸不到空氣。難道我連怎麼呼吸都忘了嗎？我驚訝極了，不會吧？我扭曲著臉頰，胸口的壓迫感變得更嚴重了。

這是我第一次知道公司裡有醫務室。

「應該是過度疲累吧。」戴著眼鏡、身穿白袍的醫師看也不看我，盯著桌上的病歷表說。

「以前我不曾這樣。」我右手撫著胸口，像在宣誓什麼似的。「我喘不過氣，還以為死定了。」

「因為你的精神狀況比較不穩定呀。」

「應該沒有人是穩定的吧。」

「有沒有心悸或是暈眩？」

「今天是第一次。」

「要保持靜養，不要太煩惱或想不開。」

「想不開？」我心不在焉地回答，甚至懷疑起坐在我面前的是不是正牌醫生。「我做了一個很奇特的夢。」我決定老實說。在昏倒的這段期間，不知為何，我看見了一個非常真實、不可思議的景象。醒來之後才知道原來是一場夢，若非如此，我甚至以為另一邊才是真實世界。

「是怎麼樣的夢呢？」

「我在空中飛翔。」

「精神很不錯嘛。」

「下面是一整片的水田和山林，我展開翅膀，悠閒地在天空中盤旋。」對了，夢中的我是一隻鳥。我往下看，一個男子坐在像是田間道路上的一把椅子上，拿著望遠鏡往上看。我嚇了一跳，繼續往前飛，然後乘著上升氣流，離雲層愈來愈近。此時下方的男子把望遠鏡拿開了，奇怪的是，那個人居然是潤也。我想問他在那裡做什麼，卻只能發出尖銳的鳴叫。「沒想到原來鳥的視力這麼好。」

「什麼意思？」醫生皺了皺眉頭。

「我也不知道。」我只能這麼回答，「總之，從天空往下看的景色和無限延伸的藍天實在非常漂亮。」

我環視著醫務室，桌上有個小型月曆，寫了很多字，還有許多不認識的符號排列其中。右邊的櫃子裡擺著藥瓶，鮮豔的顏色看起來毒性很強。還有厚重的書籍，包著十分高級的皮革。簡直像個書房。此外房間裡頭還有一個漂亮的寬螢幕超薄型電視，讓人益發覺得這真是醫務室嗎？

「這裡真的是……」還沒說完，醫生便背對我，轉過身子看向電視螢幕。宛如電視比我更重要一般。

我也跟著看向電視，一名拿著麥克風的記者正在播報定時新聞。年輕男記者看起來十分驚慌，他的精神亢奮，瞪大眼睛，眨也不眨，眼球外圍充滿血絲。這名記者的肩膀很寬，一副運動員體格。

「目前現場非常混亂。」

記者突然拉高分貝，原來是醫生拿遙控器把聲量調大了。雖然這是看診中不應有的行為，但我也沒說什麼。

「傷患目前被送到了記者身後的醫院。」記者說。字幕顯示這是來自美國的現場連線，那邊此時天色已晚。

「發生了什麼事？」聽到我這麼問，緊盯著電視的醫生過了一會兒才喃喃地說：

「被刺了。」

「被刺？誰被刺？」

「中場的重要人物，被刺死了。」

「姓要（註）的選手？」

「最重要、攻擊力最強的前衛。」說完醫生又說了個足球選手的名字。我不清楚詳情，只知道似乎是昨天在美國出場比賽的一個日本足球選手。

「他被誰刺？為什麼被刺？」

「不清楚哩。」醫生雙眼仍然緊盯著電視，我也看著螢幕。記者身後有許多人，可能是昨天去球場加油的日本球迷，他們都身穿球隊制服，搭肩圍成了一堵人牆，現場群情激憤，大家搖動著身體，手上還拿著寫有「拿出魄力來！田中！」的布條，可能是加油時的道具吧，對已死的田中選手來說，真是一句殘忍的話。

「這真是無法原諒。」醫生說。

「嗯？」我反問。

「美國人居然刺死我們的前衛。」

「會不會是吵架還是什麼的？」我的語氣就像在勸解朋友紛爭一般，接著看了看醫生的左手。他似乎是左撇子，緊緊握著放在病歷表上的原子筆。

「這樣已經是挑釁了，他們在挑釁我們，那個自由的國家。」醫生說話有點顫抖。

「他們刺中田中選手的腳，等他不會動了，再刺他的心臟，記者說的。」

「他們這麼說嗎？」我沒有聽到。

「他們剛剛說的，真是太侮辱人了。」

我一邊聽醫生說，一邊感受到難以言喻的恐怖。我的腦中「嘩」地出現了各種說話聲和場景，混亂成一片。我看見了犬養的臉。音樂酒吧裡搖頭晃腦的觀眾和醫院門口拿著加油布條的群眾在我腦中晃過。我的腦中一片混亂。

註：日本姓氏，和重要人物同音皆讀爲KANAME。

「你想太多了。」我對醫生說。

「不，」醫生左手臂的肌肉逐漸繃緊，「這實在無法原諒。該是和美國說再見的時候了。」接著「啪！」地將筆折成兩段。

啊，折斷了。這麼想的時候，我已經坐在辦公桌前了。

我搖了搖頭，坐在已開機的電腦前。我看看右邊，再看看左邊。好想揉揉眼睛。

剛才的醫務室究竟是怎麼回事？我搖搖頭。是幻影吧。然後我摸著胸口，確認幾次呼吸，喘不過氣來的感覺消失了。難道剛才無法呼吸而倒地不起，都是幻覺嗎？

「醫務室怎麼樣？」滿智子突然問道。

「啊？」

「你剛才不是去了醫務室嗎？怎麼樣？我沒去過。」

「我去了嗎？」

「剛才你不是被人送去嗎？你突然昏倒，還翻白眼，一臉十分痛苦的樣子，把我嚇壞了。」

「我果然昏倒了嗎？」我試探性地詢問。

「不過聽說醫務室裡的醫生是個怪人。」滿智子興致勃勃地說。

「比方說裡面放了一臺又大又豪華的電視？」
「對對對。」
「那果然都是真的。」
「安藤，你還好吧？」
「妳知道那個新聞嗎？」
「什麼新聞？」
「聽說日本選手在美國被刺。」
「啊，」滿智子隨即附和：「剛才有人在大聲議論這件事，說什麼死了。好誇張哦。而且刺死日本人的，還是個美國軍人。聽說現在事情經過還不明朗。你不覺得美國很狡猾嗎？」
是洪水。沒錯，但什麼事也無法做，我陷入沉默。洪水要來了。電腦畫面還是一片漆黑。

22

之後的這幾天，我過了一段相對較為安穩的生活。但說穿了，我只是因為太忙，沒有空閒思考工作以外的事情罷了。本來還有很多時間得以充分準備九州的出差事宜，卻因為公司主要幹部幾句漫不經心的發言而突然提前了一個月，我只好連忙進行出差的準備，和後輩一起製作資料，常常為了確認資料而加班到深夜。然後回家洗個澡、睡覺，又再起床上班。

而且連續幾天都是壞天氣，連帶心情也很鬱悶。氣溫和溼度都很高，整天黏呼呼的。

有趣的是，我連續兩天加班後回家時，都在地鐵裡遇見之前資產管理部的千葉。原來我們都在同一個車站下車，於是便聊了些加班的辛苦，抱怨一下自己的主管。不知道是不是因為他從小在國外長大，或是不懂得人情世故，我們的對話經常沒有交集。一聊到音樂，他就莫名地眼睛一亮，熱中地說個不停。工作以外的話題大概只有這些了。

因為我完全沒空看新聞，直到幾天後的黃昏才知道，國內的反美情緒異常高漲。當時我把資料寄送到九州分公司，並打電話和分公司的員工確認出差行程時，對方突然對我說：「對了，你們那邊的速食店還好嗎？」

「速食店？」

對方說出一家最有名的美國速食店的店名，「總公司對面不是有一家嗎？」語尾音調拉得很高。

「啊，有啊。」

「沒有被燒嗎？」

「被燒？」我語塞了。

「我們這邊已經有兩家店遭到放火了，聽說比較舊、比較小的店會先被盯上，所以你們那邊目前還沒事吧。」

「等等，為什麼會被燒？」

「你沒看新聞嗎？」

「只看了工作的資料。」

「是哦，」對方的年紀應該比我小，卻發出了同情之聲。「最近不是冒出很多討厭美國的人嗎？」

「討厭美國的人？」

「你連這個也不知道嗎？前一陣子不是發生那件事嗎？足球那個。」

「足球前衛。」

「對對對，之後火就延燒起來了啊，真的就像字面形容的火哦。我也不知道這樣好不好，不過啊，我覺得就美國的態度來看啊，你不可以告訴別人哦。」我心想，他用公司的電話，還有什麼不能告訴別人的。他壓低了聲音說：「聽說其他的日本代表也被那邊人高馬大的同性戀侵犯哦。很難以置信吧，那麼身強力壯的選手也會遇到這種事。不過啊，聽說他們是遭人拿槍脅迫，田中就是因為抵抗，所以才被刺殺的。」

脅迫？指的是被人威脅嗎？還是指被迫發生性行為？我不打算深究這件事。「這樣啊？」我無法想像他們是在什麼樣的場合、因為什麼原因而遇到這種事。而且，田中選手都已經被人拿槍脅迫了，最後竟然是被刀子刺死，這事本身也很詭譎。

「那時，那些傢伙還說了一些話。」我無法判別電話那頭的同事口中的「那些傢伙」，指的是兇嫌還是所有美國國民。

「說了什麼？」

「這個嘛，我不太方便說……」這時他突然含糊其辭。

掛上電話後，我到隔壁部門去用電腦，上網路確認了那則新聞。網路新聞上報導的內容和素未謀面的九州後輩所說的一樣，全國各地的速食店陸續遭到縱火，好萊塢電影的海報看板上也被人插著刀。知名的紅白商標碳酸飲料的自動販賣機也遭人以球棒打壞了。尋著網路上的資料，我也查到了在美國刺傷日本選手的嫌犯所說的話。雖然不知道可信度多高，網路報導裡指出嫌犯毫不在乎地說：「不管對日本人做什麼，他們都不會生氣。就算被搶錢、被刺殺、被威脅也不會生氣。那應該就是樂在其中吧？反正他們自己什麼都做不到。真是個陽萎的國家。」

這應該是一種挑釁吧。就算原本不討厭美國的人也會被激怒吧。同時我也看到了眾議院確定解散，即將同時舉行參眾兩院選舉的新聞。

我離開了電腦。不管哪個網頁，都充斥著或匿名或具名的各種謾罵與詛咒。一些根本沒和美國人交談過的年輕人，憑藉著在網路上搜尋到的情報狂妄地叫囂著：「美國人根本什麼也不懂！」

透過辦公室的大窗戶往外看，湛藍的晴朗天空令人心情愉悅，潔白柔軟的雲朵在天空中飄蕩，我嚇了一跳。原來整個世界都是晴天，宛如被和平所包覆。正心想著原來天晴了的同時，眨了兩三次眼，只見天空烏雲密布。剛才的晴天就像一場幻覺。

23

那天深夜，我走出最後一班電車，離開了地鐵站。如往常一樣來到停車場，牽出我的腳踏車。

我騎著車走在陰暗馬路的護欄內側。因為路面很窄，有幾次差點就要跌倒，我的大腿上下運動，拚命地踩。

回家的途中，在左方有一家以炸雞聞名的速食店。已經過了營業時間，但長滿白髮、體格健壯的老先生立像依然站在店門口。他伸出手，擺出歡迎的姿勢，即使已經打烊了，仍然敬業地站著。店門口有一座停車場，我必須穿過其中，但因為有段高度落差，所以我下了車，牽著腳踏車向前走去。

我邊以左眼餘光瞄著白髮老先生邊前進時，突然感覺有東西在動，於是我停下了腳步，同時緊握腳踏車的煞車，發出了尖銳的煞車聲。

「誰？」一名年輕人說。

我定睛看了看。一股人聲嘈雜的喧鬧像吹拂樹枝的風迎面而來，我這時才發現前方有三個男子擋住去路，後面也站了兩個人。

他們應該是國中生吧，每個人的臉上還帶著稚氣，沒有穿制服，只穿著廉價的整套運動服。半數人剃著小平頭，另一半則是燙了誇張的鬈髮。面前的其中一人手上還拿著白色塑膠桶，白色的桶蓋已經打開，飄出一股煤油的味道。我看著塑膠瓶、從瓶口滴到地面的液體，再看了看左邊的速食店外觀和白髮白衣的立像。

「要放火嗎？」我問。眼前的年輕人似乎一陣緊張，他們的頭髮被剛才的那場雨打溼了。

「大叔，你怎麼知道？」眼前的年輕人說。他比其他年輕人高了一個頭左右，可能是這群人的頭頭吧。

「三更半夜裡看到拿著塑膠桶的年輕人，會這麼想是理所當然的吧。」我雖然覺得害怕，還是虛張聲勢了一番。「還是應該問『要用煤油洗澡嗎？』比較合適？」

「大叔，少瞧不起人！」

「為什麼要放火？」我對著面前的年輕人說。

「因為美國太令人火大了。」他說得理所當然，就好像在說因為老師很令人火大、父母很令人火大一樣。

「這家店並不是美國。」這裡的店長或店員應該都是日本人吧。

「這裡對我們來說，比起另一家漢堡店，這裡才是美國。」

「就算放了火，也不能解決任何問題。」我低聲說的同時，幾名年輕人異口同聲地說：「大叔，少在那裡說大話了。」

這句話並沒有刺激到我，但我隨即感到喘不過氣來。胸口像是被人緊緊壓住，無法呼吸，雙肩不斷上下晃動。我閉上眼睛，強忍著想要蹲下的衝動。「應該是過度疲累吧。」我想起醫生的話。我到底為什麼這麼疲累？

「喂！你後悔了吧。」

「才不是。」咳了一陣之後，我感到暈眩。「你們幾個，」看到自己伸出的食指不停顫抖，實在覺得好累。「為什麼這麼討厭美國？」

「當然是因為他們瞧不起我們啊。」年輕人說話含糊不清。

「那個人會刺死足球選手，並不是為了瞧不起你們或我們任何一個人啊。」

「你不知道兇嫌說了什麼嗎？那根本就是侮辱。美國總統既沒有道歉，也沒有反省。」站在我右手邊的年輕人突然冒出一句。緊接著眼前那位像是頭頭的推了推眼鏡，嘟著嘴說：「大叔，我們腦筋不好，想請教一下，」這時我才注意到他原來戴著眼鏡。

「我們小學的時候，美國不是攻擊某中東國家嗎？說什麼人家可能擁有核子武器。同時朝鮮半島的國家宣稱自己擁有核子武器，那為什麼不攻打朝鮮半島的國家？他們只會把炸彈丟到自稱沒有核武的國家，卻保護那些宣稱自己擁有核武的國家。這算什麼？我們真的不懂啊。」

「或許這裡面隱藏了不為人知的內情吧，而且也不能確信所有我們知道的資訊都是正確的啊。」說完，我想起這次足球選手被刺的事件，所有的資訊都是正確的嗎？我們只能藉由電視和網路獲得資訊，大量且錯綜複雜的資訊之中，究竟哪些是正確的，哪些又是錯誤的？我們真能分辨嗎？

「少在那裏打馬虎眼了，大叔。」拿著塑膠瓶的年輕人上前一步，他想把剩下的煤油澆在我身上嗎？

怎麼辦？我不停地想著。我不太可能跳上腳踏車成功脫逃。用用你的腦——我的腦中浮現了這句話。

「喂！乾脆把這老頭也一起燒了。」拿著塑膠瓶的年輕人終於說出口了。深夜的沉默籠罩著所有人，彷彿全體一致同意的共識。我身後的年輕人呼吸變得急促，他在等待國王下達指令嗎？

我突然決定潛入眼前這個帶頭年輕人的身體之中。腹語術。並不是我有什麼戰略或是勝算，只是因為，我只有這個武器了。

我看著年輕人的身體，想像將自己重疊在他身上。因為太過焦急，使我無法集中精神。心跳愈來愈快。冷靜點，馬蓋先。臉頰感覺到麻痺了，太好了。於是我馬上停止呼吸，念著臺詞。沒時間思考該說些什麼，但是又非得說些什麼不可。於是隨口念著臨時想到的「我想還是放這大叔走好了。」

果不其然，年輕人伸出手指著我，面無表情而認真地說出：「我想還是放這大叔走好了。」其他人聽到後，紛紛異口同聲而驚訝地反對：「什麼？放他走有什麼好處？你怎麼突然膽小起來了？」

聽到大家這麼說，帶頭年輕人只是站著發愣，不知道為什麼大家這樣責備他。我馬上進行第二次腹語術，將意識與他重疊，屏住呼吸，「真是蠢斃了，我要回去了。」

「真是蠢斃了，我要回去了。」年輕人說。

「喂！你怎麼突然變窩囊了。」我上氣不接下氣地看著其他年輕人生氣叫囂。我喘不過氣來，而且除了胸悶之外，還感覺呼吸斷斷續續的，用腦思考時讓我更加痛苦。整個身體都在晃動，大大地喘著氣，就要站不住腳了。我的胸口好疼，頭也痛起來了，稍一鬆懈可能就握不住腳踏車的龍頭。不過這時我又想到另外一句臺詞，「就算是亂搞一場，只要堅信自己的想法，迎面對戰，世界就會改變。」這是我念書時常說的一句話，雖然乳臭未乾，但是也只有這股乳臭未乾的心情才能振奮我。

再來一次。我用力咬著牙，在眼瞼上施力，又試了一次腹語術。再一次，再一次就好，我告訴自己。

眼前的年輕人就像個聽話的好學生，跟隨我的想法說出了一模一樣的話。他指著速食店上方的招牌，說：「那個炸雞店老頭戴著的黑色領結，看起來好像他的身體哦。」

招牌上的老先生穿著白色的衣服，不過或許是視覺上的錯覺吧，脖子以下的黑領結看起來就像張開雙手的迷你身軀。帶著如此的想像一看，果然老先生的外形變得頭重腳輕，還挺可愛的。雖然我以前就發現這件事，但還是第一次藉由他人的口中聽到。

「啊？」圍在身邊的年輕人聽到這個唐突的發言，都不禁倒退一步。接著所有人仔細盯著招牌看，發出了讚嘆：「啊！」接著幾個人紛紛露出童稚的笑容：「哦，真的很像耶。」聽得出他們已經忘了剛才的血氣方剛了。

我連忙趁此空檔，用盡了全身的力氣，向上一蹬，跨上了腳踏車，同時用力踩著踏板向前騎去。

快跑！逃離這群人！我在腦中不停叫吼著。耳鳴襲擊著我，胸口悶得喘不過氣來。

24

逃離那群年輕人後，胸口的悶痛也逐漸好轉了。我悠閒地騎著腳踏車，卻不禁在住家附近停下腳步。因為明明已經很晚了，周圍卻突然如同白晝一般，並且瀰漫著一股令人不安的明亮和騷動。

煙霧、火焰和人群。我無法分辨其順序，只覺得眼前不斷出現這些景象。住宅區道路的右方，灰色的煙霧向上竄升至熱氣蒸騰的夜空，分不清紅色還是橘色的火焰有如液體般晃動著，眾多人影聚集在四周，彷彿將火焰團團圍住。

我被煙嗆暈了。隨著風向改變，彷彿擁有肌肉般輪廓的煙霧向我飛來，我不停地咳嗽，只好閉上了眼睛。

風向又變了，煙霧頓時消退。我牽著腳踏車，擠進了圍觀民眾之中的空隙。民眾聚集成好幾排的扇形隊伍，我就站在最後一排。

著火的是安德森的房子。

安德森經營英語會話補習班的平房被烈火所吞噬，不斷傳來劈啪的清脆聲響。窗戶的框架掉落，屋子裡燃著熊熊火焰。火勢肆無忌憚地蹂躪著整棟房子，使得原本悶熱的夜晚變得更加酷熱。周圍的空氣很乾燥，我不禁也感到口乾舌燥。

「消防車呢？」我下意識地喊著。

「應該有人叫了吧。」右邊有人回答。

我轉過頭去，是一個滿頭鬈髮、長著鷹勾鼻的男子。他穿著像是睡衣的薄T恤和運動長褲，和我住在同一個町內。我不記得他的名字了，只知道他本來是公車司機，被解僱之後一直沒找到工作。

由於火勢的關係，他的側臉看起來輪廓非常清楚。橘色的光影在他的眼珠裡閃耀、跳動著，非常耀眼。他一臉不以為然，右手上還拿著令人覺得不妥的香菸。

「就算不叫也無所謂。」

突然有人這麼說。原來鬈髮男子身後站著一個略微發福的年輕人。他戴著眼鏡，看似不愉快地鼓著一張臉。此時又傳來了笑聲，彷彿附和著年輕人的話。

「喂，真的有人叫消防車吧？」我加重語氣再確認了一次。

「有什麼關係，你想掩護美國人啊？」不知是誰說了這句話。

「安德森是日本人啊。」我怒吼著。剎那間，我突然了解這場火災並非偶發事件，而是足球選手事件引發的另一起事件。也就是說，這起事件和速食店的縱火是有關聯性的，而且是出於相同原因和意圖所發生的事件。都是某些人惡意攜帶塑膠瓶和簡易打火機所採取的行動。

「那傢伙當然是美國人。」有人說。接著四周傳來贊成的意見。「那傢伙哪裡是日本人了？」

我無法放任不管，於是我立起腳踏車立架，將車子停在原地。接著撥開了圍觀的民眾向前走，盡可能走近這棟燃燒中的平房。

圍觀的民眾比搖滾樂團的觀眾更牢不可破，很難突破人群往前走。現場擠滿了眾多男女老幼，每個人都露出恍惚的神情，呆呆地望著火場。

不會吧，我一邊前進，心想現場有這麼多人，真的沒有人打電話到消防隊嗎？一定有人打了吧？兩種想法在腦海中不斷交替出現，難道真的沒有任何人打電話嗎？

「隔壁房子的人，」我喃喃地說，「相鄰的兩戶家人一定會打電話的，不然要是延燒到他們家怎麼辦？」

「相鄰兩邊都沒有住人啊。」一個聲音冒了出來。我無法分辨這聲音是因為有人聽到了我的喃喃自語而做出的回應，還是我在腦中自問自答，但我就是聽到了聲音。「一邊去旅行，一邊已經搬走，兩邊都沒有人啊。」

「不要開玩笑了，哪有這麼湊巧的事！」我回答道。

「這樣不是正好嗎？把美國全部燒光光最好。」

「那是安德森家，不是美國！」我從口袋拿出手機，準備按下按鍵。我得趕快打電話報警。「那你說說看是哪一州啊，那裡是美國的哪一州？」

「你少囉唆，小心把你也一起燒了。」對方拍打我的手，手機應聲飛了出去，掉到馬路上。我氣炸了，但卻無法彎下腰去撿。只好扭過身子，忍受著周圍的白眼和咋舌聲，努力擠到圍觀民眾的最前列。

好熱。熱帶夜裡發生的火災超越了忍耐極限，熱氣不斷往我的臉上襲來，火勢之大令我無法繼續往前走。雖然現場沒有警察和消防隊員，但圍觀民眾的隊形卻整齊地固定住，彷彿眼前有條封鎖線。是迫於火勢而無法更往前去了嗎？我向後退了幾步。

火焰在夜空中向上延伸，彷彿不知名的物體伸出觸手不斷地擺動。我感覺到的不是絕望，而是希望和鼓舞的氣勢。在我望著火場的同時，一股沸騰而起的心情從腹部不斷上揚。映入眼簾的火焰就像是我的能量，是我勃起的性器，我感覺到一股野心勃勃的快感，我看得入迷了。

腦中的角落裡響起了音樂。起初我以為是單純的聲響，不以為意，然而音樂愈來愈清晰，是舒伯特的〈魔王〉。當我還是小孩時，音樂課本裡的那一首〈魔王〉。舒伯特的〈魔王〉。當時老師在音樂教室裡告訴我以及全班同學這首歌的內容時，實在令人愕然。那股求助無門的恐懼讓我全身不停顫抖。

深夜裡，父親帶著兒子騎在馬上奔馳。這首歌就是描述這對父子的問答。

「兒子啊，你為什麼遮著臉？」父親問。

「父親，你看不見嗎？有一個戴著王冠的魔王啊。」兒子回答。

「那是霧啊。」

「父親，你聽不見嗎？魔王在說話呀。」

「那是枯葉掉落的聲響啊，冷靜一點。」

「父親，你看不見嗎？魔王的女兒在那裡呀。」

「我看見了，但那是柳樹呀。」

「父親，魔王抓住我了。」

這時父親才發現事情的嚴重性，他加速馬力向前衝，拚了命地趕回宅邸。

我不得不想，這實在太相近了。歌曲裡的小孩就像現在的我，只有我感覺到魔王的存在，但不管我怎麼嘶吼、大聲疾呼或是害怕得直打顫，身邊卻沒有人感覺到魔王的存在。

我忘記眼前火焰的存在，全身不停顫抖。抬頭一看，天空中有雲，看樣子馬上就要下一場大雨，空氣卻很乾燥，彷彿這場火止住了即將落下的雨。

舒伯特的〈魔王〉裡，小孩最後怎麼樣了？我應該知道答案的，我問自己。我拉著自己的領子，逼問著「到底怎麼樣？」

「死了不是嗎？」我回答道。在歌曲的最後，父親騎著馬抵達宅邸時，懷中的孩子已經死了。當時還是小孩的我，聽到這樣的結局只是感到無比恐懼。如果像是〈放羊的孩子〉，因為說謊而招來悲劇，還比較能理解，但我不懂為什麼一個沒有做錯任何事的小孩居然會死。他發現了魔王的存在，並將這件事告訴父親，但卻仍然沒有機會獲救。

聽到消防車的鳴笛聲時，我不知道已經在現場站了多久。總之，遠方傳來了尖銳的鳴笛聲，我頓時清醒過來，搖了搖頭，以稍稍穩定的心情環顧著四周。

我看到了安德森。起初只看到一個在火焰映射下的黑影，過了一會兒，一個清楚的輪廓和膚色的人形才浮現眼前。他在前方幾公尺處，雙膝著地，看著眼前的平房。接著他站起來，轉過身來面對圍觀民眾，望著我。

他虛弱地跨步，直挺挺地向我走來，似乎是發現了我在現場。身材高大而體格壯碩的他拖著步伐，慢慢地靠近我。或許是心理作用吧，圍觀的民眾似乎都緊張了起來。

「安藤桑。」安德森站到我的面前說。

「啊——」我只能無意義地拉長著音。

「都燒光了。」他悲傷地皺著眉頭。

「啊——」我不知道該說些什麼，不知道該辯解些什麼，還是該怎麼道歉，我完全不知道。回過神來，才發現自己坐倒在地上。

「你還好吧，安藤桑。」頭頂上方傳來了安德森的呼喚。

我抬起頭看著他。想說「對不起」，聲音卻出不來。他看起來很落寞，卻又堅毅地微笑著對我說：「人生在世，就是會有這種事呀。」

回到家後，潤也和詩織依偎著坐在客廳電視機前，看到我回來，潤也舉了舉手，說：「哥，你回來啦。」電視螢幕的光芒映照在兩人臉上，呈現紅綠色，也讓表情看起來很不安。

「哥，安德森他……」潤也劈頭就說。

「嗯，我剛才看見了。安德森沒事。」

「那他家呢？」

「都燒光了，消防車也來了。」我的手機也總算是撿回來了。

「哥，我突然覺得好怕。」潤也雙眼盯著電視，頭也不回地說。也不管女朋友在身旁，說出了這麼洩氣的話。

「因為我們太害怕了，所以才一起看這部振奮人心的電影。」詩織兩眼直視著電視說。

我看了看電視螢幕，那是一部描述人類和外太空生物展開一場肉搏戰的電影。我曾經看過一次，但實在無法理解為什麼這部電影可以振奮人心。

「總而言之，在這個世界上，」潤也指著電視說：「人類是很團結的。」一副解說的語氣。

團結並不一定是壞事，我的腦中響起「Duce」老闆說過的話。

「哥，人死了之後不知道會怎麼樣。」潤也突然冒出這句話，把我嚇了一跳。「怎麼會突然講到這個？」

「這部電影裡，人們一個接著一個死掉。因為死得太容易了，所以好恐怖。」

「死後應該也會存在於某處吧。」

「某處是哪裡？」

「如果對他們打招呼『最近好嗎？』應該也會回答吧。」

「對著死去的人說『最近好嗎？』聽起來好諷刺哦。」詩織無力地笑了。

「不過，比起被人遺忘，說不定偶爾這樣問問他們，他們會更高興吧。」我毫無根據地胡亂說。

「那我死後，哥你也會不時像這樣和我說話吧。」

「潤也，最近好嗎？這樣嗎？那你會怎麼回答我？」

「我會回答你：『都已經死了，哪有什麼好不好？』」潤也笑了。

之後我回到房間，躺在床上，告訴自己「熄燈了」，然後閉上眼睛。

25

兩天後我一個人在家。前一天，潤也和詩織說什麼「想去看龐然大物」之類莫名其妙的話，於是搭火車旅行去了。應該是去看岩手山了吧。

意外發生之後，安德森曾經來向我致意。他的臉上寫滿了疲憊不堪，卻看不見一絲憤怒和憤慨。他說現在借住在朋友家，之後連續三次提到了「幸好沒有延燒到隔壁家」。

「那就再見了。」我嘴上這麼說，卻有種再也見不到他的預感。

那一天我請假沒有上班。雖然九州出差迫在眉梢，根本不允許我請假，但身體就是不太舒服。就算只是坐著啃吐司，也覺得胸悶。光是穿上西裝外套，就覺得快要喘不過氣來。

「該不會是副作用吧。」

我躺在床上，呆望著天花板。我的胸口劇烈地鼓動，身體也隨之晃動起來。正當我不經意地發呆時，腦中突然閃過這個念頭。

身體出現異常已經有一段時間了。就是那個戲劇性十足、荒誕無稽的腹語術。讓自己的想法潛入別人的身體裡，屏住呼吸，讓對方說出自己想說的話。這一點應該稱得上身體的異常吧。如果真是如此，那麼這股胸悶是否就是伴隨著異常而來的副作用？

「如果不再使用腹語術的話，這股胸悶就會不藥而癒嗎？」我再度問自己。最近我老是這樣自問自答。

「就像罹患流行感冒一樣嗎？」

「不。話說回來，腹語術這種能力真的存在嗎？」

「不存在嗎？」

「或許只是我自己一廂情願吧。我自顧自地相信自己具備這個能力，而且深信自己能活用這個能力。說不定這一切只是事後把本來實際發生的事當作是自己造成的。」

「也就是說，我的精神不正常？」

「說不定胸悶只是症狀之一。」

晚上我走下一樓，到廚房準備一個人的晚餐。我將煮好的義大利麵和蒜頭、辣椒一起炒過，加鹽調味，只是這麼簡單的作業，卻在烹煮的途中感到一陣胸悶，甚至還幾度暈眩。

我雙手捧著裝在盤子裡的義大利麵，來到客廳，隨手打開了電視機。

當我在夜間新聞節目上看到了犬養，忍不住「啊！」地叫出聲來。

我不太清楚節目的主題，只見犬養以一貫權威而理性的表情發表著演說。這似乎是個有現場觀眾的節目，觀眾圍坐在距離犬養有一小段距離的地方。

犬養侃侃而談的是「日本的未來」。他並沒有批判美國，而是在敘述日本所潛在的經濟能力和技術能力，並針對獨特的精神性和情緒發表意見。犬養緩慢地說：「尼采曾經說過，任何民族，所有的民族都有自己獨特的語言來評論善與惡。而國家就是運用各種言語和謊言，來包裝善與惡。不管國家說什麼，都是謊言，不管國家擁有什麼，都是竊取而來的。」

又是尼采，我不由得心生警戒。之前「Duce」老闆也曾經引用這位思想家的話。

「不要被國家騙了。我不會用任何謊言來向國民說明所謂的善與惡。用謊言搭起的橋梁，無法帶領我們走向未來。也可以說，以前的政治家都是為國民的意見、迷信和流行所效勞，而不是為真理效勞。政治家不是應該為未來效勞嗎？我不打算迎合國民，為什麼？因為這樣便無法架構未來。」

這是一種氛圍，我想。犬養所身處的國家、這個國家所身處的環境，營造出了一股接受犬養的氛圍，並且消除了隔閡。

「日本是唯一一個被投下原子彈的國家。」犬養說。「以前卻從來沒有一個政治人物在外交上將這個事實做為一個有效的武器。」他態度肯定地說。「我們是一群被馴養的動物。」

現場瀰漫著尷尬的氣氛，在一味順從和不負責任的社會中，這種肯定的語氣讓人好不痛快。

用用你的腦啊，馬蓋先。我拚命地想，顧不得叉子還叉在義大利麵上，動彈不得。

接著我嘗試了幾次腹語術。雖然前幾天實驗的時候，我已經知道透過電視螢幕並不能使用腹語術，但是卻不由得想繼續嘗試。

我將自己和犬養重疊在一起，屏住呼吸，在口中喃喃自語。雖然我想不出該說些什麼，但不能讓犬養繼續發表言論了。重複念了幾次之後，我屏住了氣息。

心跳愈來愈快，有種不好的預感。我開始想像犬養繼續說下去的話會怎麼樣。「最後，」犬養以極具威嚴、魅力的聲音說：「我想引用一首我最喜歡的宮澤賢治的詩。」

來了。我驚訝地幾乎忘了呼吸，上半身也晃動了一下。就像抑制河川氾濫的水壩潰堤，卻只能在一旁觀望，什麼事也做不了，那種暢快的絕望就快擊潰了我。

「諸君啊，」我看著犬養的嘴形在動。

終於來了，我擺好姿勢等著，咬著牙，緊緊握住叉子。

電視裡的犬養彷彿對著我微笑，一口氣念出了那首詩的後半段。「這股抖擻的，從諸君的未來國度吹來的，」

接著犬養清楚而大聲地說：「透明而純淨的風，感受到了嗎？」

我瞪大雙眼看著電視螢幕。雖然正注視著電視，但是映在我眼中卻是安德森那棟朱紅色火光耀眼的平房。

就像河水從崩潰的水壩傾洩而出一般，窗外突然傳來驚人的澎湃雨聲。真是陣唐突的雨。

回過神來，我看見了一個面目猙獰的形象，帶著一絲悲壯和懇切的表情。心想，是魔王嗎？仔細一看，原來電視螢幕上是自己的倒影。

26

隔天早上我鎖上大門外出。雖然不是晴天，空氣卻很涼爽，彷彿酷暑在不知不覺中已經結束。我跨上腳踏車往前踩去，微風輕撫著我的頸部。

潤也還沒有和我聯絡，不過我想他一定正在岩手山附近像個孩子似的活蹦亂跳吧。到了公司之後，等著我的是平田困惑的表情。

「事情就是這樣子了……」平田對著課裡的人鞠躬致意。「不過這件事其實早就說好了。」

聽說平田這個月底就要離職了。有人開玩笑說，雖說是月底，其實也只剩兩個星期了。

聽說他老家在岩手經營一家小小的熟食店，「想不到在那裏還滿受歡迎的呢，要是不繼續經營的話，大家都會很傷腦筋呢。而且我也不討厭那邊的工作。」平田像在說明著什麼似的。

「跟課長說了嗎？」

平田準備坐下時，滿智子問他。

「嗯，之前我只跟課長提過。他那麼照顧我，我想過一陣子去看看他，順便跟他打聲招呼。」

「是嗎？」滿智子不帶感情地說。

「我真的很感謝課長。」平田的心裡似乎很痛苦。

這時我發現自己可能誤解了。課長看起來總是在欺負平田，常毫不講理地痛罵他。但說不定，他們兩人之間存在著一種信賴感。我想像著平田對我大發雷霆地說：「都是你淨做些多餘的事！就是因為這樣，課長才會生病的。」

「安藤前輩，午休結束後，來開九州出差的行前會議好嗎？」坐在對面的後輩站起來對我說。

知道了，我點頭說完後，伸出手指按下電腦啟動鍵。主機深處發出聲響和輕微的震動。

這是送修回來之後，電腦第一次開機成功，說不定是個好預兆。

十一點多左右，部長難得出現在辦公室。聽說他以「到京都拜訪客戶」的名義帶著太太去旅行，部長爽朗地連聲「大家辛苦了」地向大家打招呼，笑容中夾雜著罪惡感，看來傳聞是真的。

部長拉高嗓門向大家打聽課長的狀況後，「對了，今天呀，」他開心地說：「有政治人物到這附近來了。剛才車站前面聚集了好多人，我還以為怎麼了呢。」

「是誰？」平田問道。

我的脖子像是被人掐住了一般。就算不問，我也知道是誰到這附近來了。

犬養。

「是犬養。」部長說，「他好像在車站前發表演說。雖然還很年輕，不過我滿喜歡這個犬養的。」接著他誇張地大笑了起來，故作豪邁狀。

「是哪一個車站？」我不經思索就脫口而出了。或許因為一個既不知長相、也不知姓名的小職員突然問他話，部長顯然有點錯愕，「哦，是ＪＲ車站。」他說。「不是地下鐵，是ＪＲ哦。」

開會能不能延到改天？

我立刻拜託同事。「我想起來下午有急事了。」

顧不得午餐，我快步跑向車站。狹小的步道兩旁都是護欄，我蛇行著向前跑去。

「哥，你要去一決勝負嗎？」突然聽到潤也在我耳畔低喃，我差一點跌倒。原來只是我敏感聽錯了。難道是抬頭仰望岩手山的潤也突然發現我面臨的狀況，所以將忠告化為聲音傳到我耳邊？

「你要去一決勝負嗎？」潤也的聲音再次傳來。

我跑上天橋。雖然雙腳感覺疲倦，但我不打算放慢腳步。幾名像是家庭主婦的婦女駐足在天橋上聊天，經過她們身邊的同時，聽到其中一個婦女說出「犬養」二字。我不禁心跳加快，像是有人在煽動著我說：「快一點！」拜託，不要煽動我。

我邊跑，邊望向遠方的車站建築。這個車站比一般車站規模稍大，白色的建築物和高架軌道相鄰，裡面有數條快速列車和平快列車等路線交錯。

車站前有人群聚集，看到這一幕，瞬間我的腦中就像發生了雪崩，分不清腦袋裡究竟是空白一片，還是充斥著各種不同思緒。總之，當時的我無法思考。

是人群。幾十個人聚集在車站出口附近。眼見人群慢慢地、逐漸擴大。

「哥，你想太多了。」潤也的聲音再度響起。我在心裡問著，潤也，你在哪裡？我邊跑邊望著四周，在哪裡？

隨後，腳下的天橋突然消失，取而代之的是一片水田在眼下延展開來，出現了長滿松樹的小山丘。

我嚇了一跳，感覺心臟被人輕輕地高高捧起。

我發現自己身處在天空之中。我無暇困惑，正打算伸手擦去汗水時，卻看到了翅膀，原來我是一隻鳥。一定是老鷹。我在飛嗎？我以羽翼撥開上升氣流，在空中游泳。

幾百公尺下方有個人影。

我一眼就認出那是潤也。我想，鳥的視力不是很差嗎？不然也不會把夜盲症稱作鳥目了（註）。後來又想起，鳥的視力只有晚上才會那麼差。

潤也拿望遠鏡看著我，但並沒有向我打招呼。「要消失在空中了。」聽到潤也低聲說道的那一瞬間，我消失在雲朵之中。

真的消失了。「潤也！」我大叫。我禱告、懇求地呼叫，卻只能發出鳥鳴。

回過神來，我在階梯上踩了個空，一屁股跌坐在地上。我攀著扶手，靠在牆邊調整呼吸。沒想到我居然邊跑邊做夢，真是沒救了。我得再撐一下才行。

27

突然有人大叫：「犬養！」聽起來粗暴而魯莽，但又不是怒罵聲，反而像是善意的加油聲。

犬養站在宣傳車上，背後是一大片立體得詭譎的烏雲。宣傳車是一部塗成藍色的箱形車，或許特別改裝成宣傳車的關係，車上還設置了一個小小的舞臺。

我走到人群最後一排，看著面前的箱形車和犬養，不禁脫口而出「真是聰明。」

藍色箱形車和犬養腳下的舞臺都沒有特別華麗的裝飾，卻展現出沉穩的威嚴，明顯和其他政治人物使用的選舉演說專用車不一樣。這部車不老派，卻也不過度招搖。犬養高聲疾呼：「各位親愛的選民！」這也和其他政治人物的演說完全不同。我想犬養身邊一定有個專門為他企畫這類活動的智囊團吧。一切考量都非常周延。支配著潮流、群眾印象和世界動向的，就是他們。

我調整著呼吸，撥開人群，想要往中間移動，但呼吸卻怎麼樣也不順暢，無法控制急促的呼吸。

「犬養把頭砍下來！」一個年輕人大叫。聽起來有點嘲諷，卻又帶有一點親切感。

「犬養，幫我們教訓教訓美國！」

車上有一支麥克風，犬養站在麥克風前，發出「啊啊」一聲試音。

此時所有人彷彿事先講好似地，突然一齊閉上了嘴，四周變得鴉雀無聲。我左右看了看，想看清楚群聚民眾的臉。只見每個人都睜大了眼，臉上露出緊張又期待的表情，認真地觀察、聆聽身穿西裝而挺拔的犬養的每個動作、每句話、每次呼吸。

我沒有時間等待自己喘過氣來了。我向前伸出了左手，擠進眼前身穿學生服的男子

註：日文的夜盲症稱爲「鳥目」。

和穿著酒店小姐般暴露連身裙的女子之間。

我要繼續往前。三十步以內，我心想，必須前進到三十步以內的距離。想要穿過聽眾與觀眾向前走是非常困難的，每走一步都覺得腳步沉重，還有很多人厭惡地瞪著硬要往前擠的我。

「你要做什麼？」我問自己。也或許我說出聲了。

「當然是要試腹語術啊。」我回答。

「你想用腹語術對犬養做什麼？」

「我不知道，但我能做的只有這個了。」

「但是，」我的心裡又冒出了聲音，一個問句在我心中響起。「但是，只是做了這件事，世界就會因此改變嗎？你能阻擋世界的潮流或是洪水嗎？」

「不可能的。」我心有不甘地承認。站在我面前的年輕人突然回過頭來，或許是我又不小心說出口了吧。「不可能的，那不是我做得到的事。」

「既然如此，你為什麼向前走？」

我又聽到了問題。這時我終於察覺這個聲音並不是自己所發出的。

於是我停下腳步，轉過頭去，從人群之中的縫隙觀察四周。我的肩膀不停起伏，喘不過氣來，而且愈來愈嚴重，不久後更覺得胸腔受到來自前後的壓迫。這是怎麼一回事？我的嘴角扭曲、皺著眉頭，強忍著痛苦和可笑，低聲喊著「老闆」。

在右邊。

從群眾的頭部和肩膀之間望去，我看見了「Duce」老闆站立人群之中，蓄著一貫的短髮，眼神依舊銳利。

我們兩人的相對位置和那天在音樂酒吧裡幾乎一模一樣。一恍神彷彿就能聽到「國王的命令是絕對的嗎？」的叫聲。我手壓著右耳，把耳窩向內摺。

老闆的視線向我射來。既不是平常在店裡吧檯後方那種不帶感情、植物般的眼神，也不像上次在咖啡廳裡散發著令人不舒服的光芒，而像是在調整鏡頭焦距似地瞪著我看。彷彿正在瞄準，非常認真。

我的頭好沉，像被石頭壓住了一般。不是頭頂，而是頭的內部。彷彿表皮和頭骨以下的部分被人拿石頭或是石臼強塞進來。我的雙腿發軟，腦筋也變遲鈍了，無法繼續前進。

犬養的演說開始了。他的語調非常清晰，帶有魄力，卻不讓人覺得有壓迫感。就像搖滾歌手所唱的歌。這一定是天生的，是一種適合對大眾訴求的聲音。

但是我完全聽不到犬養究竟說了什麼。我的頭沉得就像永遠不會再運轉似的，腦中所想的只是「我要撥開人群，盡可能接近小貨車」。

犬養就在我的面前了，和我之間約有五個人左右的直線距離，應該勉強在三十步的距離之內。

我挺起上半身，吸了一口氣。終於可以微微地呼吸了，鼻孔裡傳來一陣痙攣，眼瞼也接著抖動了起來。我趕緊盯著犬養，嘗試使用腹語術。

我得做些什麼，現在的我只有這股使命感了。

「少得意忘形了！」

聽到這聲音，我嚇了一跳。我回過頭去，但心裡卻不認為真有人說出這句話，可能是我聽錯了吧。正當此時，我看見老闆出現在右後方。他一直看著我。「少得意忘形了，你現在要做的這件事，只不過滿足了你的私心，卻沒任何益處。」

這聲音正是老闆所發出來的。「啊？」

我不可能聽得見站在和我有一段距離的老闆所說的話，這只是自己想像出來的。但我卻在這時回想起他在咖啡廳裡所說的話。「許多得到某物的人都深信只有自己擁有這樣東西。」

我努力地以遲鈍的腦子思考著，就像奮力推著生銹的腳踏車一樣。用用你的腦啊，馬蓋先。說不定老闆想告訴我的是「或許你的確擁有腹語術的能力，若真是如此，其他人也可能擁有其他特殊的能力。」

向我襲來的呼吸困難和頭部的鈍痛或許是某號人物的能力所造成的，也或許是老闆對我發動攻擊。「真是荒誕無稽！」我很想這麼一笑置之，但又覺得不無可能。

我將視線從老闆身上移開。我只有一個目的，就是要對犬養施展腹語術。我感到呼吸愈來愈困難了，只能把手放在膝蓋上，將臉伏貼在地面上，想辦法繼續往前進。犬養不疾不徐、體態端正地繼續說著話。

我想像自己潛入犬養的身體裡，讓他的身體與自己重疊在一起，想像自己覆蓋在他的皮膚上。緊接著臉頰傳來電流通過的麻痺感。「來了。」我在心裡呼喊著。但是已經做到這地步了，我卻還沒想過該讓他說些什麼，真可笑。

到底應該讓他說些什麼呢？一時之間想不出來。用用你的腦、用用你的腦。此時我甚至沒有把握還能不能站直身體。事實上，眼前的車站看起來是傾斜的，因為我快要倒地了。

屏住奄奄的氣息，我喃喃念著「不要相信我！」

然後我看向犬養。透過即將倒地的我看見的犬養，呈現出奇怪的角度。

這時犬養開口說道：「不要相信我！」

但群眾聽到這句話後，卻只是面露微笑。或許讓犬養說出這句話，被大家解讀為犬養式的幽默吧。

我站穩了腳步，決定再試一次。我咬緊牙關，再度把力量集中在即將閉上的眼瞼上，瞪視著犬養。想像身體重疊到犬養身上，念著「覺醒吧！」

犬養隨即說出同樣的話。但是，群眾聽到這句話居然只是舉起拳頭，個個異常激動。

「沒用的。」老闆的聲音傳了過來。「不要白費力氣了。」

我按著胸口，強忍著不斷擊來的劇痛。啊，這下子真的不妙了。我終於感覺到了。正確地說，這個感覺近似於工程師在客戶公司看著發生故障的系統時，一副事不關己的態度對他們說：「狀況非常不妙哦，建議你們最好整個換掉。」

你做好心理準備了嗎？課長常掛在嘴邊的話突然浮現在腦海。正在醫院裡靜養的課長，躺在病床上不曉得心情如何？我已經做好心理準備了哦。好想這麼回答。課長你呢？

以為是海，定睛一看原來是天空。

我仰倒在地上，映入眼簾的是廣闊的天空。天空籠罩著烏雲，開始落下細小的雨滴。左右兩旁有許多人在走動，四周的人都低頭看著我，眼神中帶著懷疑、警戒及厭煩。好多人的臉。背部傳來柏油路面散發的冰冷。

閃開啊，我心想。我感覺不到疼痛，只覺得身體麻麻的，彷彿浮在半空中。閃開啊，你們的臉擋住我了，我看不見天空啊，我得飛上天空。

我發現資產管理部的千葉也混雜在人群中看著我。他不帶任何感情地看著我，雙眼就像玻璃珠一般。你也來看犬養啊。不知道他看到了我的什麼覺得安心，他帶著完成工作似的表情退出人群。

「真是浪費了人生啊。」我又聽見了。或許是老闆說的，也或許是我嘲笑自己。不是這樣的，我想反駁。雖然無法出聲，但我還是要說：「就算是亂搞一場，只要堅信自己的想法，迎面對戰。」我想起以前在咖啡廳裡見過的那個把吸管掉到地上的老人。不知道為何，眼眶都溼了。

這時一個念頭突然閃過腦海。我想盡辦法轉過身來，四肢著地。我雙膝跪在地上，向前爬去。圍觀的民眾擋住了我，使我看不見犬養。我想大叫「閃開！」我要施展腹語術啊。我能做的只有這個了。

島的面孔浮現在我腦海。我看見了學生時代蓄著長髮的島、現在成為獨當一面的社會人士的島，還聽見他的名言——「我喜歡巨乳！」

就是這句。我要讓犬養說這句話。或是「最愛女高中生！」也可以。要讓他失去成熟氣度，這兩句話最適合了。應該試試，我低聲說，但伸長脖子卻看不見犬養。等等我，馬上就讓你說話。

接著我鼓勵自己：「現在我就要讓他說出巨乳了。」卻因為實在太過愚蠢，而忍不住笑了出來。真的要讓那個男人說出巨乳這個字眼嗎？儘管還是喘不過氣，不過臉頰已經不那麼緊繃了，也能夠呼吸，卻因為太可笑而無法使力。我笑了出來，原來我最後一件能做的事居然是這個。我再次雙膝著地，接著仰頭倒下。

潤也的身影出現在腦海中，想起他曾經說我會安詳地死去。雖然身邊沒有狗，不過我覺得這個預言滿正確的。現在的我感覺非常神清氣爽，這樣的結局實在值得玩味，總覺得心情很輕鬆。

突然眼前一片光明，整片天空在我面前展開。所有的雲朵都已散去，青天白日包圍著我。或許是錯覺吧，但我就是看見了。直覺告訴我，飛吧。

這樣的結局也不壞。我想起潤也朗誦過那首宮澤賢治的詩。

不行了
停不下來了
源源不絕地湧出
從昨夜起就睡不著覺，血也不停湧出

就是這首詩。反覆讀著這首詩讓我的心情莫名地沉穩下來。

即使血不停湧出
但卻心情輕鬆而不感覺痛苦
難道是因爲半個魂魄已經離開身體

但卻因為血流不止

無法將這件事告訴你

這首詩太吻合我的心情了。現在的我雖然感到愉悅滿足，但是不能傳達給潤也，實在很可惜。

他失去雙親，現在又要失去哥哥，真是個不幸的傢伙。我同情起他的壞運氣。這麼不幸的人至少應該給他一些鼓勵或是嘉獎。突然間我想，是不是應該留下什麼東西給他。

我一動也不動地仰望著天空，腦中充滿了黑色液體，慢慢地感覺到清晰的部位一點一滴被淹沒，就像洞穴裡逐漸消失的燈火般。等到黑色淹沒了所有，就是結束的時候了，我早已覺悟。然而連覺悟的部分也逐漸受到黑色液體的壓迫，慢慢被侵蝕了。我的視界愈來愈窄，頭也愈來愈重，無法思考。我就要消失了，正當我意識逐漸模糊之際，我以腦中僅存的最後一點微微發光的部分，念完剛才那首詩。

或許你們看到的是悲慘的景象

但我所看見的

是美麗的藍天

和清澈透明的風

宮澤賢治說得真好，我也有同感。瞬間，我的腦中一片黑漆。熄燈嘍。

09 呼吸

還來不及說「熄燈嘍。」我已經睡著了。之後我在半夜醒來，看著潤也上半身蓋著的毯子。

不會沒有呼吸了吧？我很不安，無法將視線從潤也身上移開。潤也趴著睡，肩膀露在毯子之外。

看看時鐘，時間是半夜一點鐘。雖然窗簾緊閉，但因為走廊的電燈沒關，所以並非一片漆黑。潤也閉著雙眼，鼻子緊貼著墊被。淡褐色的毯子緩緩地、有如隆起的地面一般浮起，又再消去。不知不覺間，我也跟著他的呼吸，吸、吐，吸、吐。

我和潤也都裸著身子。幾個鐘頭之前，我們在這張雙人床上做愛，彼此的身體交纏著，舒服地睡著了。

之前就聽說仙台比東京冷，果真如此。已經四月了，卻完全感覺不到春天的氣息。裸著身體睡覺，卻因半夜感受到寒意而醒了過來。我在床上翻出內褲穿上。

起身上廁所的途中，碗櫥上的照片映入眼簾。

那是我和潤也、潤也的哥哥一起拍的照片。地點是東京的遊樂園，拍攝於大哥過世前，三人一起去玩的時候。

大哥站在照片正中央，我和潤也分別站在兩旁。我伸出兩隻手指，比著勝利手勢，潤也則想比出戰鬥姿勢，在胸前輕握著拳。我出剪刀，他卻出石頭，如果兩人是在猜拳，我在那時候也猜輸了。

「詩織，雖然潤也常常說些洩氣話，」大哥在世的時候曾經對我說過，「但是妳不必擔心。」

「什麼意思？」突然說話沒頭沒尾的，我忍不住笑出聲來。

「愈是逞強、頑固的人，不就愈有可能因為某些原因而倒下嗎？」

「你是說工作狂在退休之後突然變成老年痴呆嗎？」聽到我舉出如此適切的例子，大哥笑了。「沒錯。」他表示贊同。「所以，我覺得像潤也這種常說洩氣話的人反而才愈堅強。雖然一天到晚嘻皮笑臉，但他其實很敏銳的。如果說要做出一番成績，絕對不是我，而是潤也哦。」

「你說的是『真人不露相』那種人嗎？」

「對對對，就是這個意思。就是那種人。」

大哥會這麼說，應該不是預料自己將不久於人世。不過五年前大哥過世後，潤也的確在我面前說了好多洩氣話。他每天都很無力，經常哭著說：「哥哥已經不在了，我也過不下去了。」不過，潤也現在終於重新站起來了哦。——最近我常常看著大哥的照片，這麼向大哥報告。

離開廁所，回到被窩之後，聽到潤也說了一聲「好冷」，接著又沉沉睡去。我再次交纏著他赤裸著的身軀。冰冷的肌膚相互接觸後又慢慢暖和起來的感覺真令人開心。

1

「詩織妳為什麼會到仙台來？」眼前的赤堀問我。聽說他的年紀比我小一歲，所以今年是二十七歲。「三個月前，你進了我們公司，在那之前妳一直都待在東京，對不對？」

那天工作結束後，由於沒什麼事，幾個同事相約去喝一杯。當時我們在仙台車站前的一家Dining Bar裡。

「嗯，在東京沒錯。」我說，「三個月前我從東京搬到仙台，到人力仲介公司登記後，就被派到『SATOPURA』了。」「SATOPURA」就是赤堀所屬的公司，專門生產塑膠製品。我在這家公司裡擔任事務性工作的派遣社員。

「詩織是因為先生工作的關係才搬到這裡來吧？」坐在我身旁的蜜代說。蜜代是「SATOPURA」的正職員工，年紀與我相近，公司裡就屬她和我最要好。她的身材纖細，背脊筆直，一頭短髮，露出的脖子非常有女人味。一言以蔽之，她是個美女，但單單說是美女，往往讓人忽略她還擁有其他許多迷人的特質。聽說她因為父母工作的關係，從小在國外住了很長的時間，所以外語能力很強、頭腦清晰、工作效率高，而且為人風趣。

「啊？詩織已經結婚了？」

「赤堀，你怎麼這麼遲鈍啊。」蜜代笑了。坐在隔壁的大前田課長說：「三個月前詩織剛來時，我不是就介紹過了嗎？你到底有沒有認真聽主管說話？」接著還誇張地大嘆了一口氣。

大前田課長想當然耳職位是課長，三十九歲就當上課長，在「SATOPURA」算是史無前例，當然他也不負眾望，是個優秀的主管。不但工作分配得當、時常展現不容反對意見的魄力，但和下屬聚餐時就像是個爽朗的前輩，不會說些沒格調的玩笑話，同時是個疼老婆、愛小孩的男人。所以我個人另眼看待的蜜代，對他也是格外地另眼看待。

「妳先生是做什麼的？」

「他從事和環境相關的調查工作。」

「和環境相關的調查？」三人異口同聲。

「我也不是很清楚，主要好像是調查鳥類。」

三人又異口同聲發出「哇」的一聲。

2

三個月前，潤也突然對我說：「要不要到仙台住？」潤也的大哥已經過世五年了，我們結婚也三年了，好不容易一切都慢慢步上了軌道，所以剛聽到這句話時我有點訝異。不過我說：「好哇。」只是我向潤也確認：「不是盛岡也無所謂嗎？」

「盛岡？」

「因為岩手山在盛岡啊。」

潤也真的很喜歡岩手山，甚至大哥過世的時候，我們兩人也剛好在爬岩手山，之後還去了兩次。潤也喜歡岩手山並沒有什麼特殊的理由，只是因為岩手山很巨大，讓人有安全感，就連看到成堆的高麗菜絲，也會高興地叫著：「好像岩手山哦。」他非常迷戀岩手山，所以我才以為，如果他要搬家的話，一定會搬到盛岡。

「仙台就好了，如果考量到岩手山和東京的中心點，大概就是仙台一帶了。」

「可是大哥的墓在這裡耶。」潤也的大哥和爸媽都葬在一座小而頗有味道的寺廟的墓地裡。

「哥是無所不在的。」

我不了解「無所不在」是什麼意思，接著問：「那工作呢？」

「朋友應該會幫我介紹仙台的公司。」

結果那是一家從事環境調查以及猛禽類調查的公司。本來對方想找的是擁有相關經驗與知識的人，不知道潤也有什麼門路，總之還是和這家公司談好了工作。

我們馬上就決定搬到仙台。幸運的是，東京的房子很快就找到房客，仙台的住處和我的工作也順利有了著落。

「我呀，」潤也有話對我說。當時我們一起坐在東北新幹線的列車裡，正好通過福島，接連穿過了幾個隧道。列車通過一座隧道，進入了另一座隧道，然後又再穿出。我在心裡偷偷地享受著這樣的韻律與節奏。

列車一進入隧道，新幹線奔馳在鐵軌的聲音和風聲便會急速凝結，轉化成低鳴。穿出隧道後，這聲音又會慢慢地消失，彷彿蒸發了一般，令我想起管弦樂團的演奏。列車進入隧道的瞬間，眉頭深鎖的指揮家輕微擺動手上的指揮棒，團員向前探出身子，演奏出激昂的音色。駛出隧道後，指揮家的表情和動作趨於和緩，團員也回復原本的姿勢，輕柔地拉著手上的弦樂器。就是這種感覺。進入隧道時是「激昂地演奏」的眼神，離開隧道時就是「緩慢而優雅」的指示。

「我呀，很久以前做過一個夢哦。」

「夢？」

「我夢到在書上看到哥的死法。那是一本寫了很多種死法的書，書上只寫著哥靠近狗的身旁，然後安詳的過世了。」

「好奇怪的夢哦。」我說。接著列車進入隧道，車窗外變成一片漆黑。

「不過呀，這個夢的預言未必不正確。哥不就是死在犬養的街頭演說嗎？」

「不知道大哥去那裏做什麼喔？」

「我也不知道。」潤也看著窗外，表情木然地說：「不過，或許犬養也算狗的一種吧。」

「啊？」

「說不定哥是因為接近犬養，所以才會死。」

這句話比雙關語還酷耶，我笑著說。

3

「對了，大前田課長有什麼打算？」約莫過了二十多分鐘，蜜代問課長。那時我們點的菜剛好都出完了。「公民投票，你要投哪一個？還有兩個月哦。」

「這種問題不能這樣問人的吧。」

「我當然是贊成的。」喝得滿臉通紅的赤堀突然插進話題，高舉著手說。「憲法非修正不可。」

「啊？我反對！」蜜代反駁說。「這下有趣了。」大前田課長饒富興味地看著赤堀，再看看蜜代，就像相撲裁判一樣。我悠哉地想著，公民投票啊。這麼說起來，我家的信箱好像收到了投票通知書。

「那我問妳，蜜代，現在的自衛隊是合憲還是違憲？」

「當然是違憲啊，那不是軍隊嗎？」

「妳看，很矛盾吧。憲法明明主張放棄武力，但是卻擁有軍隊，這不是很奇怪？世界各國都覺得荒誕極了。一個在憲法中主張放棄武力的國家，卻若無其事的擁有軍隊，真是笑掉人家的大牙。憲法根本是事前的鋪梗，再以自衛隊打一記回馬槍。」

嗯嗯嗯，大前田課長滿意地點點頭，我沒有想太多，也跟著「嗯嗯嗯」地點著頭表示贊同。

「那我也問你，你的意思是說憲法第九條沒有意義嗎？」

「沒有意義啊。說什麼要放棄武力的大話，事實上還是擁有自衛隊，而且還不斷派自衛隊到國外戰場。」

「但是如果沒有第九條的話，日本在更早之前就會擁有軍隊、就會不斷派自衛隊到國外戰場去，你不覺得嗎？就是因為有第九條，所以才維持現在的狀況啊。」

「這根本是本末倒置。就算有第九條比沒第九條好，但憲法還是應該與現實相符吧。」

「這種說法太奇怪了。」蜜代偏著頭，接著先聲明她是從之前看過的書上現學現賣的之後，說道：「舉例來說，憲法裡不是寫著『人人平等』嗎？但是現實社會上還是有男女不平等的問題。像這種時候，總不能說『因為不符合現實，男女之間還是有不平等，那我們來修改憲法』啊。」

一點也沒錯。但赤堀卻絲毫不退縮。「這兩個意義不同。講到男女不平等，政府不是制定了男女僱用機會均等法律來盡可能減少不平等了嗎？就方向而言，憲法是符合現實的。」

這麼說也沒錯，我改變了想法。

「對吧。」蜜代反駁著赤堀說：「就是因為有憲法，所以才會制定這樣的法律啊。第九條也是一樣。本來政府就應該遵循第九條的，只是很多政客把現實拉往不同的方向罷了。一定要拉回來。如果擅自闖進別人家，還說『雖然事實上我不住在這裡，但是乾脆把這裡也變成我家好了。』這樣不是很奇怪嗎？」

「這完全是兩回事。」

「我知道蜜代想說什麼，」大前田課長看著蜜代，心平氣和地說：「只是，我覺得妳不應該一味地反對。」

「沒錯。」得到援軍的赤堀加重了語氣。「感覺就是故步自封。」

「其實我以前也是反對修改憲法的。雖然執政黨一直想要修憲，但是後來我發現那都是政客的自私想法罷了。」

「自私想法是指什麼？」赤堀似乎無法判斷大前田課長在這場辯論中究竟是朋友還是敵人，於是有點試探地問。

「前一陣子，日本不是還一直巴著美國不放嗎？美國還很不諒解日本為什麼不派軍隊到國外去，日本既不知道如何回應這個問題，也沒有膽量敢堅決地對美國說：『那是美國制定的憲法吧？我們怎麼可能把自衛隊派到國外呢？你們是罪有應得。』就好像被孩子王緊瞪著的小孩一樣，只想著怎麼讓美國不要那麼生氣。雖然說什麼我們也是國際社會的一員，不能只出錢，但是我很懷疑這樣的想法到底有多少是認真的。感覺好像只是因為被老大罵到臭頭了，才這麼做的。」

「這種說法太武斷了。」赤堀不服氣地說。

「總之，我就是無法理解為何日本沒有自己的眼界，只因為美國這麼說就把自衛隊送到中東去，或是說什麼因為美國反對所以修改憲法這類的講法。所以我以前才會反對。」

「就是啊。」蜜代用力地點頭稱是。

「不過，」大前田課長說。「這次好像和以前不一樣了。現在我們正努力降低對美國的依賴，所以才想提升自衛力。只是想檢討本來就存在的自衛隊所具備的能力。如果是這樣，我很樂見憲法第九條的修正。」

「我們現在跟美國關係不好哦？」我忍不住這麼問。我一直以為日本和美國感情很好，總是奉承美國，而且以後也會這樣下去。

「詩織，妳在說什麼呀？」赤堀嚇了一跳，我連忙解釋：「因為我們家不看電視和報紙的，所以我幾乎不知道社會上發生什麼事情。」

「不看電視和報紙？完全不看嗎？」蜜代問我，我回答說：「嗯，完全不看。」

「不會吧。真的嗎？」蜜代瞪大了眼睛。

「真厲害，這可新鮮了。」大前田課長也開口了。

「好像來自過去的人。」赤堀發出了讚嘆。

「妳從以前就不看新聞嗎？」

「大約從五年前開始。」我從大哥過世後就不看新聞了。或許是政治人物的街頭演說中發生死亡意外還滿有新聞價值的，那件事在那一陣子被新聞煤體炒作了好幾次。潤也看到都很不開心，所以開始對所有的媒體情報視而不見，充耳不聞，從那起意外過後就再也不看新聞和報紙了。「所以我們夫妻倆真的對社會完全不了解。」

「真厲害。」赤堀露出像是看到街頭藝人一樣感動的表情，「那妳完全不知道最近流行什麼嗎？」

這麼說好像我生活在落後地區一樣，感覺滿愚蠢的。「不過我會看流行雜誌，也會看電影啦。大概就只有這樣了，所以我並不知道日本和美國交惡的事。」

「也不能說是交惡，」大前田課長插進來說：「我倒認為這樣才是回歸健全狀態。比起以前老是以乖巧的晚輩自居，說什麼因為沒臉面對美國總統，所以要改變社會的時候比起來，現在好多了。犬養的方針就是如此。他說出了自己該說的話，排除一切威脅或懷柔，不拿含糊的說法來搪塞，這樣才值得信賴。」

犬養這個名字讓我嚇了一跳。大哥過世前不就是去聽他的演說嗎？「犬養還是個政治人物嗎？」

「什麼？」蜜代向後仰，「居然不清楚到這種程度。」赤堀也一臉驚訝。「妳真的不知道嗎？」大前田課長笑著說：「什麼『還是』，他現在是首相啊。」

「首相！」那真是太厲害了，五年前看不出來啊。

「未來黨在上次大選中大幅成長，之後參議院又舉行了一次選舉，去年的眾議院大選中，未來黨正式取得了政權。」

「犬養突然之間獲得廣大民眾的支持。」蜜代苦笑著說。

「我並不討厭犬養哦。剛開始我對他很反感，覺得他太法西斯。不過說穿了，他只是做些理所當然的事啊。他對美國展現了毅然決然的態度，說的話也都很簡單明瞭。」赤堀嚼著雞肉，繼續說：「以前的政治人物說話不是都很曖昧嗎？像是以前對中國說到過去的戰爭話題時……」

「你是說『非常遺憾』事件嗎？」蜜代說。「對對對。」赤堀點頭。

「非常遺憾事件？」

「一般來說，政治人物都不想負責任，不是常把『非常遺憾』這種曖昧不明的話掛在嘴邊嗎？但是犬養卻在第一次出國訪問時，就大大方方地謝罪，還因此引起爭議呢。」赤堀吞下了口中的雞肉，又再夾了一塊。雞肉真的這麼好吃嗎？我也伸手夾了一塊。真的很好吃，我又偷偷夾了一個。

「大大方方地謝罪，這個說法好奇怪。」

「不過這就是犬養了不起的地方啊。他不會只顧眼前的利害關係，遲遲不謝罪。反而先坦率地謝罪，讓對方沒有責難的機會。就連保障問題，也是一但決定之後就絕不再受理。我覺得這樣比拖拖拉拉有建設性多了。」

「所以他才會被人攻擊嘛。」

「你說犬養首相被攻擊？」我問。

「對哦，這件事妳也不知道吧。」大前田課長語氣中透露出對我的尊敬。他說：「因為很多人不滿犬養的作法啊，尤其是很多人對他向其他國家謝罪這件事感覺受辱，所以他遭受攻擊好幾次。到目前為止應該有五次了吧。」

「不過還好他都沒事，我也很欣賞他的頑強哦。而且最近景氣也開始好轉了，他算是還不錯。」赤堀大致說明完後，接著說：「再回到剛才的話題，」他尖著嗓子說：「蜜代，不管在任何狀況下，妳都絕對反對武力嗎？」

「嗯，我覺得這樣比較好。」

「就算A國攻打B國，也只要像以前一樣，光出錢、不出力就好了嗎？」

「我覺得這樣就好了。」蜜代理所當然地點了點頭。

「但是這樣不是太不負責任了嗎？只要自己的國家好就好。」

「沒錯，我就是不負責任。但是啊，我可不覺得赤堀你是那種平常就把世界的責任背在身上的人。」

「妳、妳這麼說是什麼意思？」

「舉例來說，像那種平常愛亂丟垃圾、完全不顧他人感受，說什麼『這樣做又不犯法』而面不改色地插隊的人，只有在這個時候，才會裝模作樣說什麼應該克盡國際社會成員的義務，這種人最噁心了。明明平常只會想到自己的利益。我不認為那些常把什麼日本領土、國家利益掛在嘴邊的人，會因為『維護國家利益』而心甘情願地繳稅。」

「我既不會亂丟垃圾，也不插隊，更不會不甘願繳稅啊。」

我不知道誰說得比較正確，決定尋求裁判的判決，於是轉頭向著大前田課長。課長看著蜜代和赤堀，笑著說：「兩個表現半斤八兩。」

如果相撲裁判在舉起判決扇時真的這麼說，那問題可大了，不過用在這個時候倒是很貼切。「或許是吧……」我說。只見蜜代臭著一張臉，赤堀則在一旁嘔氣。

4

我聽著大家的談話，想起了潤也的大哥過世前的事。

結婚之前我就住進了潤也家，所以對我來說，潤也的哥哥就像我的親大哥一樣。

那天我們三人坐在餐桌前，一起看著電視。應該是大哥過世前半年的事了吧。三個人呆呆地看著電視新聞。

那是一段關於太平洋戰爭史料的新聞畫面。主要報導最近發現了一捲錄音帶或是相關文件之類的。政治人物對此發表言論說：「這證明了日本雖然發動戰爭，卻不是以侵略為目的。」

我想，大哥應該會發表意見吧。果不其然，「這個啊，」大哥馬上開口說：「像這種根本不知道事實真相究竟為何的事，我其實不太感興趣。」

「也是，我們也不知道是不是侵略啊。」潤也附和地回答。

「不過，不是很多人常說因為日本的歷史教育太過自虐了，所以年輕人才不以國家為榮嗎？這一點我實在很難贊同。」大哥說。「日本的年輕人或許真的不以日本為榮、瞧不起大人們，不過那是歷史教育造成的嗎？如果政府說我們發動的是侵略戰爭，年輕人就會以國家為榮嗎？」

「我覺得根本不是那樣。」潤也笑了。「以前我上歷史課的時候都很不認真，還在學校鼓吹反戰，讓老師們傷透了腦筋。」

「對吧？老實說，不以國家為榮的原因，根本就是大人太過醜陋。政治人物在電視機前公然說謊、傳喚證人時進行的答辯根本和禪學沒兩樣，因為大人們總是這樣，才會被年輕人瞧不起的。要叫大家以什麼為榮？」

「或許是……」我說。「如此吧。」潤也接著後面說完。

「不過如果擔心年輕人因此不尊敬長輩，那也太可笑了。不管過去做了什麼，只要現在的大人做得好，年輕人就會以此為榮了，不是嗎？」

「哥你還是老樣子，光想些沒用的事。」

「如果想太多會死，我應該死了一百多次了吧。」

5

回到家後，潤也已經洗好澡，正坐在餐桌前看書。我們租的兩房兩廳的房子雖然不大，不過房租比起東京便宜多了，住得愈久，就覺得愈划算。

「回來啦？」潤也說。我答道：「我回來了。」一邊放下皮包。迅速換好衣服，在潤也對面坐了下來。

「怎麼了？」潤也抬起頭來看著我。

「憲法修正案的長篇大論很新鮮呢。」我這麼說並沒有諷刺的意味。「不過話說回來，晚上的街道還真是熱鬧啊。」

「憲法修正案？什麼意思？」

「下個月要舉行公民投票了，你知道嗎？」

「嗯，知道啊，公司上下大家都在討論。」

「我們公司也是。」我把蜜代和赤堀之間的辯論告訴潤也，潤也一邊連聲回答「是哦」，視線卻沒有離開眼前的書本。講到最後，我開始說起蜜代有多聰明、多可愛。最後還說到「聽說蜜代的先生在出版社工作，但做的好像是些奇怪的雜誌，好詭異哦」這樣的話題。

潤也闔上手邊的書。我們之所以開始看書，是因為家裡不看電視的關係。這是大哥過世之後的事了。大哥留下來好多書，我們便拿來看。

「我剛才在看這本名言錄。」潤也將書的封面轉向我，那是一本老舊、已經褪色的文庫本。「裡面有很多名人說過的名言、名句之類的。」

「好看嗎？」

「還滿好看的。舉個例子，妳知道犬養首相嗎？」

「啊，潤也你也知道了嗎？聽說犬養是現在的首相哦。」

「我說的不是這個犬養，是很久以前的。」潤也笑了，當然他也知道現在的首相是犬養，接著又說：「這本書上寫的是死於五一五事件的犬養毅。犬養首相被暗殺前，曾經說過一句話。」

「說什麼？」

「『只要說出口就能理解』。」

「這算名言嗎？」

「啊，對了，岔一個無關緊要的話題，剛才我接到一通電話。」潤也提高音調說。

「電話？」

「哥的朋友島打來的。」

「啊，是島哥。」

島是大哥念書時的朋友，當潤也在葬禮上崩潰、喪志、號啕大哭而不知所措時，他在葬禮程序和一些雜務上幫了很大的忙。葬禮結束後還見過幾次面，連搬家時也過來幫忙。「他說了什麼嗎？」

「他說下次要到仙台，問我們要不要見個面。」

「好想喝咖啡哦。」我說。那是大約二十分鐘之後的事了。兩個人默默地看著書，很容易口渴。

「猜拳輸的人去泡咖啡。」潤也提議，我苦笑。「不要。」

「真的不要？」

「真的不要。」因為我絕對會輸。「不過啊，猜拳從沒輸過能不能登錄在金式世界紀錄啊？」

「如果可以的話也不錯。」潤也盤起胳膊，偏著頭說。我看機不可失，立刻大喊：「剪刀石頭，」一邊擺動著右手。潤也急忙伸出手來。「布！」叫喊的同時我打開了手指。潤也出石頭，我出剪刀。我又輸了。

「到底是什麼道理？」

「說不定是哥附身幫我哦。」

「大哥附身？」

「對啊，運氣好不就有如神明附體？而且打從哥過世後，我的運氣就一直很好。」

這一點完全毋庸置疑，我回想著五年前，一邊點頭認同。潤也凡事都有好運氣，的確大約是從五年前開始的。像是擠得滿滿的電車裡，只有潤也面前空出位置，或是在速食店的促銷活動中刮中獎品。就連剛搬到仙台租房子的時候，也有很多人想住進這裡，後來以抽籤決定時我們也順利抽中了。大哥過世之前，似乎沒這麼好運過。

最明顯的就是猜拳了。

我們兩個常常以猜拳決定誰做什麼家事。起初只是覺得「怎麼每次都是潤也贏？」怨恨自己「怎麼運氣那麼差，太不會猜拳了。」並不覺得猜拳的勝負有什麼特別的意義。但是，直到前幾天，我們才終於發現這個重大的事實。

「詩織，我突然發現一件事，每次猜拳好像都是我贏哦？」

一時間我不知該如何回答，試著回想過去的狀況，「好像是，」我斂起下巴。「好像是這樣。」

「一次都沒輸過也太奇怪了。」

我們兩人互看著對方，像是講好了似地連續猜了幾次拳。剪刀石頭布！剪刀石頭布！剪刀石頭布！連續猜了三拳，結果潤也連贏了三次，甚至連一次平手都沒有。「其實啊，」潤也這時才告訴我，他在公司和同事猜拳也都沒有輸過。「我每一次都贏哦。」

我們兩人緊皺眉頭。雖然不知道潤也總是猜贏的原因和蘊含的意義，不過反正很會猜拳既非不吉利的事或壞事，更不會令人不舒服。

「會不會是你有了預知能力？」

「預知能力？」

「在猜拳的時候獲勝，不就是因為知道對方會出什麼拳，或是腦海中浮現應該出的拳，所以才贏的嗎？」

「但我沒有這種感覺啊。」潤也立刻回答。「我沒有收到叫我出什麼拳的指令，只是想出石頭就出石頭，想出剪刀就出剪刀啊。」

「這樣就一直贏？」

這時我看到桌上有一個百圓硬幣，伸手拿了過來。和潤也講定有櫻花圖案的是正面，數字是反面，接著把硬幣放回桌上，以手蓋起來。「正面還是反面？」

「反面。」潤也說。

「腦中有什麼畫面嗎？像是一枚百圓硬幣之類的。」

「隨便猜的，反正猜中的機會有二分之一。」

是這樣沒錯啦，我說。翻開一看，真的是數字和年號，是反面沒錯。「猜對了！」

可能是剛才沒遮好，這次我很謹慎地把硬幣隨意翻了幾次，再以手蓋住。「哪一面？」

才剛問完，潤也馬上就回答：「那這次我猜正面。」他好像真的是亂猜的。

打開手一看，真的是正面。硬幣上映著銀灰色的櫻花圖案。

「潤也，這到底怎麼回事？」

「只是單純運氣好罷了。」他氣定神閒地說。「和理論無關，說不定只是所有好運都集中在我身上而已。對了，從前一陣子開始，我打小鋼珠就常常贏。不要說這個了，還是決定誰去泡咖啡吧，趕快來猜拳吧。」

「潤也，我怎麼想都覺得，現在用猜拳決定太奸詐了。」

說完潤也露出「真拿妳沒辦法」的表情，走進裡頭的房間拿出一個舊紙盒子。紙盒表面已經曬得褪色，每個角也都磨鈍了。他仔細地將表面的灰塵撫進垃圾桶裡，把紙盒放到餐桌上。我問他裡面裝的是什麼，「橡皮擦。」他開心地笑著說。「妳看。」接著打開盒子。我拿起盒子裡的造形橡皮擦，老舊的橡皮味撲鼻而來。每一個橡皮擦都是怪獸造形。

「鹹蛋超人橡皮擦。」潤也說得好像大家都知道這是什麼玩具。「小時候我常常用這個和哥對戰。」他倒出所有橡皮擦，將盒子倒扣過來。盒子底部有一個簽字筆畫出來的圓，非常圓，像是以圓規畫的。「這是相撲哦，怪獸相撲。妳小時候也玩過吧？」

沒玩過，我說。接著拿起手上的紅色怪獸，放在那個圓圈土俵上。「像這樣？」

「這樣。」潤也開始以食指敲打著紙箱。紙箱震動了，上面的橡皮擦也微微動了起來。「先掉出土俵之外，或是倒地的就輸了。」

我拿起實在稱不上乾淨的橡皮擦。「跟紙相撲一樣嗎？」

「這樣就和運氣無關了吧，就用這個決定誰去泡咖啡吧。」潤也精神奕奕地指著成堆的橡皮擦說：「選一個喜歡的選手吧。」我雖然在心裡嘀咕「什麼選手，根本就是怪獸嘛——」不過還是看著攤在桌上的怪獸橡皮擦，選了一個最接近人類的藍色橡皮擦。

「潤也，這是鹹蛋超人吧？」

「嗯，那個是呀，佐飛。」潤也點頭說。佐飛？到底是符號還是人物綽號？搞不清楚，我把佐飛放在土俵上。潤也選了一個岔著腿、看起來像恐龍的橡皮擦放在紙箱上。

「鹹蛋超人最強，對不對？」

一聲令下，我們開始敲著紙箱。敲得太用力的話，雙方都會倒下，所以必須很謹慎。紙箱不停晃動，橡皮擦也跟著左右搖擺。說是搖擺，其實是靠震動。

不久，我的橡皮擦就「砰」的一聲向後倒了。太棒了。潤也滿足地斂起下巴。「像鹹蛋超人這種沒有尾巴的啊，其實很弱哦。像我的怪獸紅王，妳看他的尾巴這麼粗，這樣站得比較穩。」

「你……」我氣得說不出話來，「這種事應該事先告訴我吧。」

「說的也是哦。」潤也一臉滿不在乎的模樣，看起來真的很悠哉。沒辦法，我只好起身到廚房去泡咖啡。

不久後潤也提議說：「週末要不要去賽馬場？」

6

賽馬場在仙台的北方，開車走國道四號約三個小時的車程，位於岩手縣境內。

那天是我開車。大哥過世後，我和潤也雖然一起到駕駛訓練班上課，也都取得了駕照，但大多時候都是由我來駕駛大哥留下來的車子。下了交流道之後，潤也拿著地圖告訴我哪裡左轉、哪裡右轉，總算是順利抵達了賽馬場。

我們要來試試看潤也到底有多好運。「來測試哥的附身程度。」

我們把車停在附近的收費停車場，趕在十一點前進入賽馬場。那是一棟老舊而燻黑的建築物，看起來跟廢墟沒兩樣。入場後，我們眼角餘光瞄著草地圍場，踏進售票區的同時，立刻感覺到四周詭異的昏暗和髒污。不但地板凹凸不平，還有數個人孔蓋。抬頭一看，天花板上有各式各樣的線路和電纜，全都積滿了灰塵。

許多人手上拿著報紙四處走動。怎麼那麼多人都戴著棒球帽？或許是心理作用吧，每個人似乎都悶悶不樂，嘆氣聲連連，使裡面的氣氛更沉重了。

放置圈選單的地方擠滿了正在圈選和討論的人，我們選了一個比較少人的角落，潤也攤開了賽馬報紙。我對賽馬不熟，也只陪著潤也來過三次賽馬場，完全不知道要領所在，不過還是望著報紙，讀著第二場比賽的欄位中十匹出場馬匹的介紹。

潤也要我也買一些，於是我選中了「三五」。「也太沒創意了吧。」潤也微笑著說。三月五日是我的生日。

「那我買十五。」十月五日是潤也的生日。

不知道潤也是不是亂猜的，他又另外選了幾個號碼的排列組合。賽馬場內從剛才便不停廣播，告知距離停止馬票販售還有幾分鐘，十分嘈雜。

「每個號碼各買一百圓就好了吧。」潤也問。我贊成，因為我們的目的並不是賺錢，而是想確認到底有多好運，所以一百圓或是一圓都無所謂。

我負責去買馬票。雖然成排的自動售票機看起來好不神氣，但我還是比較喜歡在有售票員的售票口買。

坐在售票口裡的歐巴桑接過我從小窗口遞進的圈選單，說：「這是連勝，所以雖然妳畫五、三，但是實際上會變成三、五哦。」我聽不太懂，不過還是笑著對她說：「好的。」

歐巴桑緊皺著眉頭，說話時特別愛強調尾音，聽起來有點冷淡，不過她似乎人還不錯，找錢時還向前探出身子問我說：「和男友來的？」

「是。」

「要小心愛賭博的男人哦。我老公也是這樣，讓我傷透腦筋了。他很久以前離家出走後，就再也沒回來了。我最討厭賽馬了。」

「那妳為什麼在這裡工作？」

「因為在這裡工作說不定哪天會遇到我老公啊。」

「所以妳還是很愛妳先生嘛。」

拿到馬票後，我往後方走去。幾根大柱子後方的觀戰席裡擺了一些看起來頗廉價的長椅，再往前走就是馬場了。

一走進觀戰席靠中央的位置，藍天和馬場的翠綠立刻映入眼簾。遠方馬場美麗的程度令人驚豔。馬場是橢圓形的泥土場地，外圍有黃色的柵欄，內側則鋪著綠草。和剛才馬票販售處那種陰暗、髒污的感覺相比，馬兒奔跑的跑道更顯得整潔，這樣的對比實在很有趣，完全呈現出買馬票的人內心的邪惡，和奔馳馬兒的天真爛漫。

「不知道結果會如何。」潤也把玩著馬票，雀躍地說。

「你隨便選的嗎？」

「嗯，只是隨手寫了幾個數字，也沒有看賠率。」

雖然我們的目的不在賺錢，但當馬兒出現並聚集在閘口後方，不知是比賽開始的喇叭聲，還是狗吠聲的輕快音樂響起時，我仍然緊張極了，不停地叫著代表三號和五號的「紅、黃、紅、黃」。

閘口打開了，緊接著響起了「碰！」的一聲，揚起了輕煙，馬兒便一起向前飛奔而去。我和潤也同時揮舞著雙手，高聲喊著：「衝啊！」

結果全軍覆沒。

不管是我的生日、潤也的生日或是潤也隨便選的數字，全都沒中，而且也沒有爆冷門的黑馬奪冠，根本找不到任何生氣的理由或是失敗的藉口，一敗塗地。

「果然不行哦。」

「所以真的跟運氣無關，」我偏著頭。「或許大哥根本沒有為你帶來好運吧。」

我們再回到剛才的地方去買馬票。為了重振士氣，繼續挑戰第三場比賽，我們打開賽馬報，研究起十頭賽馬的名字。馬票售票處外面有一整排小吃攤，就像廟會時出現的攤位一樣，我們坐在面對攤位的長椅上，討論著下一場要押哪些馬。我主張還是繼續買生日的號碼，潤也則隨便選了三個數字，畫好圈選單。每個號碼各買了一百圓。

我心想，結果應該相同。如果潤也真的特別好運，或是有什麼特殊的能力，那麼應該不會沒猜中第二場比賽，而只猜中第三場比賽。如果真是如此，只能稱得上是一般「有輸有贏」的情況，也無需特地測試半天了。

所以我便把賽馬一事拋在腦後，開始研究中午吃什麼好。我看著緊臨馬票售票處的一家站著吃的拉麵店，望著店面的招牌，不禁自言自語地說：「不知道牛舌拉麵好不好吃。」

「牛舌？」

「那裡寫的，你看。咦？原來不是牛舌拉麵，是牛肉擔擔麵啊。到底是湯麵還是擔

擔麵？我都搞不清楚了。」（註）

「應該是擔擔麵吧。」潤也像是把玩著這個發音似地，接著說：「順便也買一些單勝好了。」這應該是從擔擔麵的發音而來的聯想吧。真好猜。

「單勝是不是只猜第一名的那種？」

「對。」

「十匹裡猜一匹，機率是十分之一，對吧？我有預感會猜中哦。」

「如果憑預感可以猜中的話，大家就不用那麼辛苦了。」說完後潤也低聲地說：「買三號好了。」接著開始畫圈選單，「三號單勝，擔擔麵。」

「為什麼選三號？」

「直覺。」潤也滿不在乎地說，接著害羞地搔了搔頭。

雖然其他窗口空著沒人，我還是到剛才的窗口排隊買馬票。

歐巴桑微笑地看著我，表情似乎在說「哎呀，是剛才的小姐」。「妳又來啦？」

「才第三場嘛。」

「去跟妳男朋友說，不能只想著輕鬆賺錢哦。」歐巴桑把馬票交給我。

第二場比賽時我們坐的座位依舊空著，於是我們回去坐了下來。我對身旁的潤也說：「不知道會不會中。」

「說實在的，死去的大哥附身在我身上這種想法本來就很奇怪。」潤也苦笑著說。

「我覺得大哥不會放任你不管。」我反駁地說。「不可能因為死了就棄你不顧。」

潤也忍不住笑了起來。「說的也是，哥不會因為死了就棄我於不顧吧。」

我轉過身去，看到將近二十名中年男子正認真地盯著電視螢幕，每個人手上都拿著報紙和筆。默默煩惱的他們看起來就像熱中於研究的學者，如果集合所有人的智慧，並交換彼此的情報，那麼不要說是猜馬票了，就連劃時代的癌症療法，或是如何有效解決外交問題的方法，他們也應該都能順利進行吧。不過，我想，他們是絕對不可能合作的。

會場響起了比賽開始的嘹亮喇叭聲。此時場內滿溢著無形的期待與悶熱，我也不禁緊握右手的拳頭。

馬兒隨著樂曲聲飛奔而出，我們又再度高喊著「衝啊！」後面傳來歐吉桑大喊「對啊，快衝！快衝！」不知道他和我們是不是為同一匹馬加油。

三號似乎是一匹滿受歡迎、跑得非常快的馬。比賽到了一半，他就比其他馬領先了

註：日語中的「牛舌湯麵」和「牛肉擔擔麵」發音相同。

一個頭左右的距離，即使邁入最後一圈也都毫不讓步，並且慢慢地拉大了與其他馬之間的差距，輕鬆獲得了第一名。「果然被我猜中啊。」「怎麼那麼無聊！」一時間，會場內充斥著嘆息及歡呼聲。

「中了！」潤也揮舞著拳頭。「真的中了耶。」我也看著馬票說。

「不過是單勝。」

「反正是中啦。」

兩人又坐了一會兒，這一場的賠率終於公布了。第一名和第二名好像都很受歡迎，所以沒聽到什麼喧譁或慘叫。

「賠率是多少？」

「兩百圓。」潤也笑著說：「也就是買一百圓變兩百圓。」

「我們買了一百圓，就是中兩百圓了。」我們每種馬票都只各買了一百圓。「嗯」我盤起胳膊說：「這樣算好運嗎？」

「不過呀，其他馬票沒中，所以整體來說還是赤字。」潤也皺著臉說。

但是，我們的進攻——也就是潤也的好運，從那時才正要開始發揮威力。

7

我們理所當然地買了第四場比賽的馬票，而且潤也像是靈感泉湧似地，宣布說：「接下來只買單勝。」連報紙也不看，就說：「買五號。」

我問潤也為什麼，他說：「沒有什麼特殊的原因，不過啊，妳不覺得單勝和猜拳很像嗎？猜拳的時候也是隨便從剪刀、石頭、布中選一個，對吧？雖然選擇的項目比猜拳多，但只要選一個就好了。」

「不過，你也可以看過報紙再選呀。」我看著報紙上的賽馬資料一邊提議。

「平常猜拳的時候我也沒想太多，感覺這個也和猜拳差不多。不要想太多可能比較好。」

「不要想比較好？」

「對，不要想，把我們贏的錢全部賭進去。」

「贏的錢全部也只有兩百圓嘛。」

我又回到剛才的窗口排隊，付錢之後，取出馬票。

「這次只買一個號碼嗎？」歐巴桑說。

「接下來都只買一個號碼。」我點頭說。

這場比賽又靠我們的直覺猜對了。栗色毛的馬兒載著我們的兩百圓以及頭戴黃色帽子的騎士奔跑，剛開始雖然落後許多，但慢慢地彷彿川流似地擠進了前幾名，到了最後的直線跑道時，像是突然感受到奔馳的樂趣般，展現了驚人的加速，蹬著線條優美的前腿，跑出第一名的成績。

「太好了！」潤也握緊拳頭，擺出勝利姿勢。不知道是不是因為太招搖，隔壁的歐吉桑「嘖」了一聲。

「中了耶。」我開心極了。不久之後，電子螢幕顯示了這一場的賠率為「九百三十圓」。

「變成一千八百六十圓了，詩織。」潤也瞇著眼說。一千八百六十圓，雖然都稱不上是大數目，但只買一個號碼時猜中的感覺卻特別暢快。「這樣算是因為哥附身的關係嗎？」潤也有點半信半疑，不過我卻肯定地表示：「一定是。」

然後我們到剛才決定的攤位裡站著吃牛肉擔擔麵，笑著討論碗裡的到底肉塊是牛舌還是火腿。吃完上個廁所，一切準備就緒後，繼續挑戰第五、第六場。

結果這兩場我們又贏了。

兩場我們買的都是單勝，只選一個號碼。第五場比賽我們買一號，把第四場裡贏的一千八百圓押進去。結果賠率是四百二十圓，我們從兌現機裡領出了七千五百六十圓。雖然感到驚訝，不過更覺得愉快，這個時候我們還開心地打鬧著。

第六場比賽潤也選了「單勝三號」，買馬票時歐巴桑對我說：「賭金愈來愈高了哦。」我也只是語氣淡然地回答說：「剛才贏了一些，把贏的錢都賭進去了。」

不過在下注七千五百圓的三號跑了第一名之後，看到賠率是「三百五十圓」，讓我開始有點感到害怕。還來不及開心大叫，我先嚥了一口口水。

我計算著賠率，兩萬六千兩百五十圓。「變成好多錢哦。」潤也說。「全部猜中了耶。」

「要是最後變成一百萬怎麼辦？」潤也夢囈似地說。「上等牛五花肉。」我沒來由地突然想吃燒肉。

原本我們對賽馬贏錢這件事的認知僅止於此。

等到我買了第七場比賽七號單勝的時候，歐巴桑瞪大了眼睛，說：「兩萬六千兩百圓？剛才中的嗎？」

「運氣很好。」我說。這場比賽果然又被潤也猜中，看見賠率是四百二十圓時，我和潤也都沉默了。就連馬兒抵達終點時我們也沒有出聲，只是互相看著對方。我感覺口乾舌燥，只好不停舔著嘴唇。我們手上現在有十一萬零四十圓了。

第八場比賽時，歐巴桑真的嚇了很大一跳。「不會吧。」她上下打量著我，那表情似乎在說，如果是麻將或其他遊戲，或許會懷疑妳耍老千，但是賽馬沒辦法作弊吧。她感嘆地說：「妳的運氣真好。」遞出我買的十一萬圓的單勝馬票。

「這一場也會中嗎？」

「從剛才的樣子看起來，應該會吧。」

我們盯著比賽前出現在電子螢幕上的賠率。潤也預測的八號有「14．2」的單勝賠率。也就是說，若這場猜中的話，就能一次贏得一百五十萬圓以上的賭金。我不禁倒吸了一口氣。「不過第一場我們沒有猜中呢。」

「開始賭在單勝之後，就中了。」

「不知道是什麼道理哦。」

「一定是運氣太好了。」潤也自己似乎仍是半信半疑。

不久，第八場比賽開始了。我們感到恐懼和不安，無法像一開始那樣單純地開心了。只是靜靜地盯著馬場看。

披著八號號碼牌的馬兒全身散泛著光澤，精神抖擻地在跑道上飛馳而過。從剛才顯示的賠率來看，牠並不是一匹背負著眾人期待的馬。但是看起來卻像是將本性隱藏多時，下定決心從今天起改頭換面，也可能是潤也的大哥在看不見的地方拚命鞭策牠，使牠從起跑之後就以驚人的速度超前。完全如同字面意思一樣超越了所有的馬，展現出飛躍似的奔馳。陽光撒在馬兒茶色的披毛上，十分耀眼。紛亂的馬蹄踩在跑道上，整個馬場都震動了起來。八號馬大幅領先其他馬兒回到終點，場內響起的慘叫多於歡呼聲。我們兩人一時半刻說不出話來，一直到其他人紛紛起身離開座位，我們仍然坐在原位。

「中了。」

「真的中了。」

賠率出來了，是一千三百五十圓，我和潤也都覺得太不真實了，「真的超過一百萬了。」我們低聲地說。

本來擔心自動兌現機不能提領一百萬圓以上的獎金，事實上似乎沒有這種規定。但是潤也覺得：「我們一輩子沒有幾次機會能去高額兌彩窗口，去那邊領吧。」我贊成，這麼說也對。

去了之後才知道，根本沒有所謂的高額兌彩窗口，只是在最內側的窗口上貼了一張「高額兑彩，百萬圓以上。機器無法讀取的馬票專用窗口」的標示。

窗口擺了一個旅館櫃檯常見的鈴，於是我們按下鈴。鈴聲響起，大家都看著我們，我有點退縮。櫃檯後方走出一個歐吉桑，接過我們的馬票之後直盯著我們看，接著按了按機器，不知道是不是在確認金額。然後他遞出了一個裝著錢的信封。其間，我竟擔心起會不會引來扒手或強盜來搶錢，不停確認四周有無可疑人物。「妳這樣左顧右盼反而引人注意。」潤也說。他比我冷靜許多。

「請小心保管。」窗口裡的男人說。潤也拿過裝著鈔票的信封後說：「一百四十八萬圓也不會有保鏢幫我們護鈔呀。」

「因為才一百四十八萬圓嘛。」我故意說。潤也也笑著說：「區區一點錢嘛。」不這麼說的話，總覺得害怕得不知所措。

潤也順理成章似地宣布下一場繼續賭，還說要把全部的錢都賭進去。潤也的語氣非常冷靜、沉著，我不禁覺得他之所以這麼決定，並不是因為賭性堅強，而是因為這是一場實驗，必須玩到最後，直到結果出現。我了解他想繼續賭的心情，但是他打算把全部的錢都賭進去，讓我有點訝異，同時也感覺非常驕傲。「夠乾脆。」

「反正我們不是來賺錢的。」

下一場是第九場比賽，潤也的預測是十一號。

「這和預知能力真的不同嗎？」我再次向潤也求證。

「因為我的腦中並沒有浮現任何數字，只是剛好想到而已。這一場不是有十二匹馬嗎？所以我才想，十一好像也不錯。」

「是哦。」

說完潤也開始畫圈選單。但是圈選單上每行最多只能買到三十萬圓，光是畫數字「30」和單位「萬」就相當累人，想要買足一百四十八萬圓，必須畫好幾行才行。

我總覺得所有人都盯著我們的一百四十八萬圓看，不由得張望著四周。

這麼大的金額讓窗口的歐巴桑差一點沒昏倒。她看著我遞上去的圈選單，好心地提醒我說：「買馬票只能付現哦。」

嗯。我戰戰兢兢地把信封裡的錢交給歐巴桑，她不禁「哎呀」大嘆一聲，又像是可憐我不知道去哪裡偷來了這些錢似地問我說：「這些錢哪裡來的？」

不知為何，我笑了出來，說：「剛才的十一萬圓中的。」

「不會吧。」「我們也嚇了一跳。」

「喂，」歐巴桑湊了過來說：「有什麼訣竅嗎？」她的眼底閃耀著光芒。

「就是無所求啊，無所求。」

「無所求才是最好的。」歐巴桑點點頭。

場內又響起了女性廣播員的播報聲，我拿著馬票回到潤也身邊時，他正在看賽馬報紙。我問：「怎麼了？」潤也回答說：「我在看十一號的單勝倍率是多少。」

「多少？」

「好奇怪哦。報紙上說賠率是三百圓左右，但是現在卻顯示只有一百五十圓。差太多了。」

「怎麼會這樣？」我歪著頭想。潤也研究了一會兒說：「原來如此。像這種鄉下的賽馬場，有人押到一百四十多萬，就會影響賠率。」

「是喔？」

「可能是因為我們下注下得太多了。不過即便如此，要是中了也會變成兩百二十萬。」潤也的語調聽起來很沒有真實感，「雖然很不真實，但照剛才的樣子看起來，這次應該也會中吧。」他喃喃地說。

但是第九場比賽我們輸了。

或許是因為我們再也無法承擔這沉重的一百四十八萬圓賭金吧，十一號的瘦馬從起跑時就一路落後，到最後都沒能反敗為勝，結果只跑出了倒數第三名的成績。

潤也聳了聳肩，我則嘆了長長一口氣，心情非常複雜，雖然鬆了一口氣，卻又覺得喪氣。坐在後面的歐吉桑小聲地抱怨著：「真是虧大了。」我好想問他：「虧得有我們多嗎？」

8

回程的車上，我們討論著為什麼第九場比賽會槓龜。當然沒有任何理論或科學，只是各隨己意地說出臆測，不過還是整理出了一些想法。

「我想我的好運一定有極限，只能連續猜中幾次。今天只中了第三場到第八場比賽，所以應該是連續六次之類的。」

「但如果是猜拳的話，你就可以連贏很多次。」我說：「會不會是有人在做調整，不能贏超過某一個金額？」

「調整？誰在調整？」

「大哥。」

「妳是說我哥在調整我能贏的金額？譬如不能超過兩百萬圓之類的？」潤也搖搖頭，似乎不贊成我的論點。「說不定是第九場比賽之前我看了報紙的關係？不曉得有沒有關係。」

「因為你看了賠率？」

「對對對。」

「但是那之前的比賽你也確認過賠率呀。」我邊打方向盤，邊用力踏下油門。

「但是呀，如果真的又中了，那也很恐怖。」

我打回方向盤，「對呀。」接著突然起了個念頭，對著潤也喊「剪刀石頭……」。

潤也的身子震了一下，趕緊直起身子慌亂地伸出右手，出石頭的我又輸了。

「幹嘛突然猜拳？」

「我在想，你的好運該不會用完了吧，所以想試一下嘛。」

「是哦，」潤也說：「不知道我的猜拳運還在不在哦。」接著笑了笑，不好意思地說：「我想睡一下好嗎？」還說了什麼「我要用猜拳支配全世界」的傻話。正當我想取笑他「還在說這些傻話，哪會想睡？」時，副駕駛座已經安靜了下來。我趁著紅燈停車時轉頭一看，潤也已經一臉安詳地睡著了。

他繫著安全帶的胸口隨著呼吸緩慢地起伏，吸，吐，吸，吐，不慌不忙，以一種絕佳的頻率呼吸著。看著潤也的睡臉，我也有一點想睡了。

9

隔天是星期天，蜜代到我家來。

中午過後突然接到她的電話，我還以為發生什麼事了呢，「現在可以去妳家嗎？」蜜代精神奕奕地說。她從沒來過我家，也從不曾在放假時打電話給我。我問她：「怎麼了？」她才告訴我，她和先生吵架了。雖然我不懂那和到我家來有什麼關聯，我還是把家裡的地址告訴她。

「你就是詩織的先生嗎？」蜜代向潤也打招呼時，比剛才電話中沉穩多了。

蜜代和任職於出版社的先生吵架了，因為實在太生氣所以決定離家出走，卻又沒地方去，所以突然想到我家來體驗一下「沒有電視和報紙的生活」。她環顧著我家，佩服地說：「你們真的沒有電視耶。」

起初我和潤也還一直拿些不知道從哪裡聽來的話安慰她，像是「妳先生一定沒有惡意」、「他現在一定到處急著找太太」、「吵架表示感情好」之類的。蜜代抱怨夫妻生活很無趣：「不管跟我老公說什麼，他都只是有一搭沒一搭地回答我。根本沒在聽我說話。」還抱怨說：「他最近只會拿一大堆挖耳杓回家。」

「挖耳杓？」

「我老公說什麼決定要做一本挖耳杓的專業雜誌，《月刊挖耳杓》。」

「不會吧。」「是真的。」

起初我以為蜜代在開玩笑，沒想到愈聽愈像回事，使我不禁感歎「原來世界上有這麼多不同的嗜好和專業啊。」蜜代又接著說：「聽說《月刊挖耳杓》的發行量會比小說連載的雜誌多好幾倍哦。」

我們三人喝著潤也泡的咖啡，蜜代又開始列舉她先生的缺點。我只好毫無根據地一一為她先生辯解：「一定是妳誤會他了。」「妳先生以前是高中棒球健兒，個性一定很老實啦」但聽起來卻像是毫無道理的偏見。在抱怨與安慰告一段落後，蜜代看到桌上的賽馬報紙，說：「你們去賽馬啊？」

「嗯，不過只買了單勝。」沒必要跟蜜代提到其實賭了一百萬圓以上，於是我笑著帶過這個話題。

「不過，小賭慢慢累積，也會變成很多錢哦。」蜜代應該沒有特別的意思，但這實在很接近我們昨天將一百圓變成一百萬圓的策略，「為什麼會這麼說？」一瞬間我著實嚇了一跳。

「說到這個，哥以前說過一句話哦。」潤也突然說。

蜜代問：「哥？」於是我告訴她：「潤也的哥哥在五年前過世了，他們感情很好。」然後指著碗櫥上的照片。我問潤也：「大哥說過什麼？」

「已經是很久以前的事了，電視上不是談過紙的事情嗎？」

「紙？」

「對，比方說報紙。有一個問題是，把一張紙對摺二十五次之後，會變成多厚？各位知道答案嗎？」

「紙？對摺二十五次？」我邊說，邊想像著把紙張對摺一次、兩次的樣子。「三十公分左右？」

答錯了。潤也模仿節目主持人的語氣說。

「五公尺左右？」

「也不對。正確答案是，像富士山那麼高。」

「啊？」我嚇得整個人放空，馬上就否定他：「騙人的吧？」蜜代初次和潤也見面，不曉得該如何反應，只是面露疑惑：「富士山？什麼意思呀？」

「剛開始我也覺得很蠢，但哥說，計算之後發現真的是這樣哦。」

「你怎麼會想起這件事？」

「沒什麼，只是想到單勝贏的馬票，接著又想到即使賠率不高，但只要一點一滴累積，也會變成很大的金額。想到此，就發現或許把紙一直對摺，真的會變得像富士山一樣高，這兩者道理很類似。或許可說是數字魔術吧。」

「好，我來算算看。」蜜代說。

我拿來了一疊厚厚的便條紙和筆，回到座位後，蜜代又向我多要了一把尺。蜜代拿過桌上的便條紙，「先來算一張的厚度。」她拿尺測量整疊便條紙的厚度，正當我想，她是否大略計算過整疊紙的張數時，只見蜜代說：「五十五張大約是五釐米吧，也就是說，」計算了一下。「一張大概是零點零九釐米吧。接著只要一直對摺、重複加倍就好了嗎？」

「嗯，應該是如此。」對摺之後，厚度應該變成兩倍沒錯。

「所以只要乘二十五次兩倍就好了，對不對？」蜜代說完，在便條紙上計算起來，把數字不斷乘以兩倍。我和潤也則在一旁托著下巴，靜靜地看著蜜代。

剛開始的數字都還很小，計算完第十次兩倍時，我對蜜代說：「根本很小啊。」

「嗯，」蜜代也疑惑地歪著頭說：「已經摺十次了，也才只有九十二釐米啊。」

「這就奇怪了，」潤也一臉尷尬，洩氣地說：「難道是哥騙我嗎？」

我們決定繼續算下去。過了一會兒，我察覺有異。正確地說，應該是我發現蜜代臉上露出疑惑的表情。

數字愈來愈大了。

握著筆的蜜代藏不住訝異神情：「說不定真的會出乎意料哦。」每乘一次倍數，數字理所當然地就會變大，但是眼前的數字卻以驚人的速度不斷增加位數。用完幾張便條紙、乘了二十五次兩倍之後，「算好了。」蜜代放下手中的筆。

「結果是多少？」

「等一下哦。」蜜代伸出手指「個、十、百、千」地算著，最後宣布答案。「答案是三千公尺。」

「哦！」潤也拍手叫好。「很接近富士山啊，看來哥沒有騙我。」

不會吧？我看著便條紙上的數字，檢查蜜代是否計算錯誤。潤也好整以暇地回想漫畫的內容，說：「對了，這麼說來，多啦A夢也曾經說過『以兩倍速度不斷增加是很恐怖的』之類的話哦。」

下午三點過後，蜜代突然說：「難得今天有機會，我來負責做晚餐好了。」等於預告了她完全不打算在晚餐時間之前回家。她先生現在不知道在哪裡做些什麼。「從剛才到現在，我的手機都沒響過吧。他如果擔心我的話，早就打電話來了。反正他也在鬧彆扭，不用管他。」

「是這樣嗎？」

「不過，我真的覺得呀……」蜜代說。

「什麼？」我問。

「光是夫婦之間吵架，就讓人這麼煩躁、憂鬱了，何況像是丈夫出軌，或是妻子離家出走之類的。」

「嗯。」實際上蜜代是離家出走沒錯。

「在這種狀況下，根本就沒心思管什麼憲法修正云云、自衛隊云云的。」

「或許吧。」蜜代突然說起憲法修正，我愣了一下。

「如果本身有更令人煩惱的問題，像是小孩患了重病，或是因家暴所苦的人，更沒有時間管什麼憲法或是自衛隊的問題了吧。」

「比起世界的問題，眼前的問題更為重要。」潤也說。

「所以呀，反過來說，會煩惱、擔憂世界問題或是地球環境這種大事的人，或許都是一些很閒的人吧。我剛才想，像小說家、學者之類的人，都是因為有空閒，所以才會想一些偉大的事吧。」

「原來如此。」

「像這麼空閒的人所說的自以為是的話，實在不是一般人所能理解的呀。」

「說的也是。」潤也說。

「對了，詩織，妳會去公民投票嗎？」

「我不知道哩。」我都快忘記那天在Dining Bar裡聊到的投票話題了，覺得有點不好意思。我走到碗櫥前拿起投票通知的小冊子，看著小冊子說：「妳是說這個吧。」說完首次打開這本小冊子，裡面寫著「關於現行憲法條款及修正案」。「啊，所謂的修正，會改很多地方吧？」

「對呀，妳不覺得這樣很奸詐嗎？」

「奸詐？」我和潤也同時反問，不禁想檢查這本小冊子是不是設了什麼奸詐的陷阱。

「這次修正的不只有憲法第九條，還明文規定了很多其他像是環境權和隱私權等事項。」

「所以？」

「但是，投票是總括式的，只能全部贊成或是全部否定，只有一種選擇。也就是說，不能針對個別選項表態，所以像是反對第九條修正、但是贊成環境權就不行了。像這種乍聽之下很合理、卻將環境權綑綁在一起硬塞給人家，強迫人家連憲法第九條一起接收的作法實在很過分。」

「啊？是這樣嗎？」對於單單這樣的作法是否真能達到效果，我感到很疑惑。

潤也認真地讀著小冊子，過了一會兒，他將內容念了出來。

【現行】

第九條　日本國民衷心謀求基於正義及秩序的世界和平，永遠放棄以國家權力所發動的戰爭、武力威脅或以武力解決國際爭端的手段。

二、爲達上述目的，不保持陸海空軍及其他戰力，不承認國家的參戰權。

【修正案】

第九條　日本國民永遠放棄以侵略、征服他國爲目的的戰爭，並衷心謀求基於正義及秩序的世界和平。

日本國民爲保持本國的和平與獨立，並以確保國家安全及自衛爲目的，因此保有軍隊。

二、上述軍隊之最高指揮監督權歸內閣總理大臣所屬。

三、國民並不被強制參加第一項之軍隊。

「第九條原來是這樣的內容？」潤也的語氣中充滿感慨。「實際上念過一遍，才發現目前的版本真的很誇張耶。」他訝異地說。「說什麼永遠放棄、不保持戰力。」

「該說是過於理想，還是太過虛幻呢？」

「畫餅充飢嗎？」蜜代苦笑著說。

我已經好久沒有聽到畫餅充飢這樣的說法了，不過還是不禁心想：「說不定正是如此。」雖然不像之前的赤堀那麼誇張，不過還是有一點「明明說不保持陸海空軍，卻擁有陸上自衛隊、海上自衛隊，而且還不斷把自衛隊派到國外去。根本和現實差距太遠了。」的疑問。

「政府的說法是，自衛隊所從事的和平活動並不是戰力。」蜜代的口氣平淡，既不中立、也不勸誡。

「不過，如果有哪個國家攻打過來，」潤也環起雙臂說：「只從事和平活動的話，根本無法自衛吧。」

我想像不知名的國家入侵日本，大量軍隊進攻之後，大家開始掘井、拚命從事救援活動的模樣。這的確是一項大工程，但是當我們在從事「和平」的工作時，敵人卻趁機占領了各地。這就是自衛力嗎？如果有人這麼問，我只能說不是。「如果不和敵人戰鬥，還是守不住的。」

「對呀，或許有困難之處。」沒想到蜜代這麼容易就被說服了。

「我覺得修正過的版本比原來好。」潤也說。他當然不知道蜜代反對修正案，所以應該不是故意唱反調，只是單純表達自己的想法。「因為修正版本提倡為了自衛而存在的戰力，而且從字面上看來並不採用徵兵制。很不錯啊。」

「嗯嗯。」我同意地點頭。

「是沒錯啦，」蜜代似乎有點不服。「我以前也曾經想過哦。我們家附近有一位護憲派的歐巴桑，她真的很偏激哦。還說什麼護憲御前的，實在很歇斯底里，拚了命地訴求反對公民投票、守護和平憲法、反對戰爭。當時我還是小孩，總覺得既然那麼想守護憲法第九條，乾脆就舉行公民投票，取得多數不就好了。如果認為自己的意見是正確的，投票決定就好了嘛。」

「嗯嗯，我覺得這想法是對的。」

「但是最近我又稍微思考了一下，舉行投票似乎很恐怖耶。」

「恐怖？」

「政治人物、政府、掌權人士這些人都很奸詐，妳不覺得嗎？」

「奸詐？」剛才蜜代也說過一樣的話。「妳的意思是？」這種感覺真像在質詢掌權者。

「譬如，我記得以前學校明明教過憲法修訂必須獲得半數以上國民的同意。」

「對啊？不是這樣嗎？」我隱隱約約也記得這件事。

「憲法裡只寫說必須過半數，所以怎麼解釋都通。可以解釋成全體國民的過半數，或是有效投票數的半數。而現在的公民投票法裡規定的是有效投票數的半數。」

「什麼時候變成這樣的？」

「所以就算投票率再低，低到只有百分之二十，只要過半就能修訂了。」

「什麼時候變成這樣的？」

「還有我剛才說的總括式投票也很奸詐。不過啊，最詭異的還是『以自衛為目的』這個字眼了。『自衛』的定義實在太模糊了。」

「不過，大概想像得到啦。」

「你們想想看，就連現行憲法的『不保持戰力』，都可以任由人各自詮釋了。你們不覺得『以自衛為目的』怎麼解釋都通嗎？『以自衛為目的而擁有核武，那麼就先來射一發吧』這種事一定也能被解釋為自衛行為呀。其實應該規定得更仔細一點。」

「不過，這說不定只是被害妄想，或是想太多了。」我老實地說。

潤也還抱著雙臂，繼續讀著小冊子上的憲法條文。每當潤也表情認真的時候，雙眼皮總是比平常更為明顯，看起來更為帥氣。「不過我總覺得修正過的版本比較好。」潤也說完後，提出了一個單純的疑問。「掌權者真的那麼奸詐嗎？」

「舉例來說，」蜜代開口說：「你們知道貓田市的那尊像嗎？」

「妳說的是貓還是象？」不知道，我搖搖頭。

蜜代於是說明了這個故事。幾年前，貓田市製作了一個象徵當地的塑像。因為雞蛋是當地名產，因此便將主題設定為抱著雞蛋的母雞。「那個塑像看起來還不錯。」蜜代說。問題發生在命名的時候，市長想以自己孫女的名字將它取名「Keiko」。「雖然市長極力主張取名『Keiko』是因為同『雞子』的發音，但實在太假了。他一定只是想取個和自己孫子一樣的名字。」

「然後呢？」

「後來當然是全體市民投票決定呀。舉辦公民投票。我不太清楚他們在哪裡、以什麼方法決定，反正投票時共有五個選項，分別是『Keiko』、『貓太』、『貓田君』、『小雞卵』、『貓雞』。」

「每個都好誇張哦。」潤也苦笑著說。

「好難抉擇哦。」我也皺著臉說。

「對呀。」蜜代笑了笑，馬上又恢復一本正經的表情。「所有支持『Keiko』的人都是和市長相關的人士，大家當然都團結一致啊。另一方面，其他主張『反對使用市長孫女名字命名』的市民卻因為沒有互相交流情報、沒有統一彼此的信念，只是各投各的票。」

「也就是說，票都分散在『貓太』、『貓田君』、『小雞卵』、『貓雞』吧。」潤似乎猜到結果了。「話說回來，每個名字都好誇張。」

「對，正是如此。反對派的票被分散在四個名字上，結果是『Keiko』當選了。如果把其他四個候選票數加在一起，絕對比『Keiko』多。」蜜代這時咳了一聲，不知道是刻意營造氣氛，還是下意識的反應。「這件事情給我們的啟示就是……」

「不要為了無聊的事情舉行市民投票？」潤也反問。

「即使是反對派，也要團結一致？」我也轉頭看著她說。

「偉大的人都很狡猾，大家要特別小心。」蜜代斬釘截鐵地說。

「原來如此。」我和潤也服氣地輕輕點頭。不過我卻不禁心想，蜜代的想法似乎有些過於偏頗。「我覺得剩下的四個選項也都很誇張，而且，掌權的人真的會想到這麼細嗎？如果他們這麼有智慧的話，日本就不會只是今天這樣了。」

「或許就像妳說的。」蜜代苦笑著。「但是，」

「但是？」

「現在的犬養，也就是當今首相，我想他很聰明，和以前的政治人物不一樣。所以才更讓人害怕。」

「聰明的政治人物和愚蠢的政治人物，不知道哪個比較恐怖？」潤也心不在焉地說。

　憲法修正的話題差不多聊膩了，我們三個於是開起蜜代先生的玩笑，我們挖苦地說：「《月刊挖耳杓》到底是什麼樣的雜誌呀。」蜜代笑著說：「聽說最近有一種新素材，可以掏出更多的耳屎哦。」她接著說：「如果那本雜誌變成週刊的話，該怎麼辦？」說完哈哈大笑了起來。「每次我讓老公把頭枕在大腿上，幫他挖耳屎的時候，都會忍不住想，這真是世界和平的證據啊。哪天發生戰爭，根本沒時間想到掏耳朵了。」

「戰爭。」我和潤也又異口同聲地說出這個字。我想，蜜代果真想很多。戰爭對我們來說太沒有真實感了，就這層意義來說，蜜代和潤也的大哥很像。

「要是真的發生戰爭了，應該就沒辦法做愛和掏耳朵了。所以呀，當我老公的耳朵朝著我一動也不動的時候，身體不是會因為呼吸而緩慢起伏嗎？」

「因為呼吸？」

「對呀，我好喜歡一邊感受他的呼吸，一邊享受這個悠閒的片刻。總覺得必須好好珍惜掏耳朵的時光。」

　之後蜜代到附近的超級市場買來了材料，做了豬肉味噌湯和咖哩飯給我們吃。她先生在晚上十點左右先示弱打了電話過來。

在那之前，蜜代拿著在超級市場買回來的報紙，放到餐桌上說：「來摺摺看二十五次吧。」

「摺了幾次後，就物理觀點來說，就摺不下去了。我哥說的。」潤也雖然提出忠告，但是蜜代還是堅持要摺摺看。

「詩織，如果把妳們家撐壞了，要原諒我哦。」蜜代一定是想像到報紙變成像富士山般那麼高而衝破天花板的畫面了。蜜代實在太逗趣了。

10

幾天後我開著車穿過仙台市，往某個小鎮前進。那天雖然是非假日，不過我不用上班，正好趁此機會去參觀潤也工作的地方。

通過海岸旁的隧道，走過蜿蜒的小路，便看見一座小山。沿著山麓前進，一片水田在眼前延展開來。我把車停在一旁的空地上，旁邊停了一部廂型車，應該是潤也開來的吧，不知道是不是公司的車。

走過一段水田上的小徑，來到一片空地時，便看到了潤也。他坐在一把攜帶型的小椅子上，前面放著一副架在腳架上的望遠鏡，脖子上還掛著另外一副望遠鏡。

看見我走近，潤也說：「妳真的來了啊？」

「剛好經過。」

「剛好經過這種深山裡的小鎮？」

「你在這裡做什麼？」

「猛禽類的定點調查。」潤也指著山的那一頭。「如果之後要在那附近開通一條大馬路，或是拓寬道路之類的時候，不是必須削掉那邊的山嗎？」

「嗯。」

「這種時候，就必須評估這麼做會對棲息在此的野生動物帶來的影響。如果知道鳥類的生活區域，開路的時候可以避開這些區域。」

我依舊一知半解，望向天空。天空非常晴朗，呈現清澈的水藍色。眼前所見的，只有彷彿布滿肌肉的朵朵白雲。除此之外，別無一物。真是空蕩蕩的天空。我環視整個天空。「沒有鳥呀。」

「當然沒有嘍。」潤也笑了出來。「有時候待上七、八個小時，也看不到半隻鳥。」

「真的嗎？」

「真的是真的。」

「那你現在在做什麼？」這個問題好像很愚蠢，潤也一臉疑惑。「做什麼？妳很沒禮貌耶。就說我現在在工作呀。」真是什麼也不懂耶。潤也說：「如果鳥類出現在山林裡，我會觀察牠的行動，記錄飛行路徑。只要都記錄下來，就能知道這一帶有哪些猛禽類、生活形態又是如何了呀。不過這也得等到牠們出現才行。」

「感覺好奇怪哦。」

「實際上做了之後才發現，現代社會裡從事這種整天盯著天空看的工作，真的是很奇怪。」潤也聽起來有點自嘲，又帶著一絲驕傲。他把手上的望眼鏡拿給我，「妳拿這個觀察看看。」

我把望遠鏡掛在脖子上，雙手握著，聽潤也講解一遍使用方法後，便拿著望遠鏡四處亂看。我看見了遠處山上的杉樹，還看見小橡樹的葉子，真是新鮮極了。我又看到了天空的顏色、白雲和山。潤也告訴我，如果仔細、耐心地觀察天空和山的交界處，比較容易避掉背景的保護色而發現鳥兒，但是我仍然抓不到要領。

我連續看了三十分鐘，還是沒看見鳥的蹤跡。這時聽見背後的山裡傳來了鳥鳴聲，我轉過頭去，問潤也說：「這是什麼鳥？」潤也說是銀喉長尾山雀，長得很像麻雀，很可愛。

「怎麼都沒有老鷹呀。」我坐在椅子上。像這樣身處在完全聽不見車水馬龍聲響、能夠悠閒自處的場所，真的很舒服。就在這個時候，潤也突然站了起來，大叫：「有蒼鷹。」我連忙站起來望向四周，望著天空：「在哪裡？在哪裡？」潤也指著北方，邊拿著望遠鏡觀察。我也學潤也，卻抓不到位置，除了無垠天空之外，什麼都看不見。我焦急地動來動去，過了一會兒，忍不住「啊！」地叫了一聲。

我看見了。鏡頭內有一隻咖啡色的鳥，正展開雙翅，滑翔似地飛翔在遠方天空。後方是一片水藍，我完全抓不到遠近感。

「捕捉到了嗎？」潤也問。他也正拿著望遠鏡在看。

「捕捉？嗯，看到了，看到了。」

蒼鷹優雅地在空中盤旋。一會兒以順時針方向描繪出圓弧線條，接著又緩緩地逆時針迴旋。我看得入神。雖然是隔著鏡頭，不過卻是我第一次這麼近距離、這麼仔細地觀察老鷹。我配合著老鷹的飛翔，移動著視線，慢慢地覺得脖子有一點痛，卻無法將視線移開。

「這裡是三號。」我聽見潤也的聲音。拿開望遠鏡一看，他正在一旁對著無線電通報。他以無線電說明觀察到的老鷹位置、迴旋飛翔的方向。接著在老鷹飛進深山之後，說：「LOST了。」這應該是失去蹤影的意思吧。不久之後，無線電傳來了：「這邊看見了。」的回答。

「這附近一共有四處觀察站，調查員進行著相同的工作，追蹤著老鷹的行蹤。我剛才不是觀察到老鷹消失在山的那一邊嗎？接下來就換在另一邊的同事繼續追蹤了。」潤也一邊說，一邊拿鉛筆在像是地圖的紙張上描起線來。「這就是老鷹剛才飛翔的路徑。牠不是在這裡迴旋嗎？那是牠在找下方水田裡的食物。一直這樣迴旋。」

「從那麼高的地方嗎？應該有一百公尺以上吧？」

「鳥的視力很棒的。甚至能當下分辨我們的長相，就從那麼高的地方往下看哦。」

「鳥的視力不是很差嗎？」

「妳是說鳥目（註）嗎？牠們只有晚上看不清楚，而且也只有雞看不清楚。」潤也笑了開來。「鳥的視力是很好的。」他在看似調查紀錄單的紙上寫下許多記號和數字。

我再度拿起望遠鏡看著天空，白色雲朵立刻進入了視野之中。

「啊，潤也，你看那邊。」我在西側山邊的樹木上，發現了疑似鳥類的蹤影。透過望遠鏡仔細觀察，我拚命找著牠的位置。

「哦，怎麼樣？捕捉到了嗎？」

「看見了，看見了。那也是蒼鷹嗎？」這隻鳥展開雙翅，但看起來比較無力，翅膀向下低垂乘風飛翔著。

註：日語中將夜盲症稱爲鳥目。

「是鳶。」潤也平靜地向我說明。

「鳶？」

「那不是我們的調查對象，我們只調查稀有的猛禽類。」

「稀有的猛禽類指的是什麼？」

「像是蒼鷹、鵟或是魚鷹之類的。其實妳倒不如問我哪些是不稀有的猛禽類，這樣說不定還比較快。」

「不稀有的有哪些？」

「鳶。」

「啊？只有這個嗎？」我拿開望遠鏡。

「對，就只有鳶。」潤也開懷地笑了。笑聲非常清亮，彷彿穿過我的胸口，直接上達天庭。

「接了這份工作之後，我有一個很深的感觸。」

「什麼感觸？」

「我不是完全不看電視、報紙，只是像這樣靜靜等待鳥類出現嗎？等了幾個小時，就算發現鳥的蹤影，牠們可能出現不到三十秒，就又消失不見了。而我只是像這樣呆呆地等著。」

「嗯。」

「像這樣等著的時候，我都會覺得世界好和平哦。」

「即使事實上一點都不和平？」

「在這地面無盡延伸的那一頭，發生了許多意外或事件，再往前延伸，甚至可能還有戰爭和飢荒。我不知道。不過如果我不去想，只是一直在這裡呆望著天空，就和我一點關係都沒有了。只要不想那麼多，不要想那麼多。什麼都不要想。」潤也有點靦腆地說：「要是告訴別人我在這裡連續七個小時看著天空，應該沒人會相信吧。不過其實我只是花七個小時在尋找鳥，並呼吸著。」

「只是在呼吸。」我的語調也自然而然地變得悠閒起來。「不管憲法修正或是不修正，都和我們無關了。」

「憲法？那是什麼？」潤也俏皮地說。

我仰頭直直看著上方的天空。天空非常寬廣，當我盯著緩緩移動的白雲時，突然感受到一股沙漏中的沙慢慢落下的安心。我的雙肩逐漸放鬆，身體也不再緊繃。望向前方，我看見了長滿杉樹的小山展現出泰然而又莊嚴的姿態。時間的感覺消失了。政治、社會問題、公民投票等各項爭論也理所當然地在這裡消失，這裡只有我、潤也、老鷹，還有水田裡的稻子和青蛙。彷彿相鄰土地上所發生的不幸完全都不存在，迎面吹來的風也絲毫不帶來任何不幸的消息。燕子清爽地飛過眼前，急轉彎後又咻地消失。蛙鳴也不絕於耳。

或許這樣就夠了，我心想。

11

島在隔週的星期六來到仙台。我們依照約定好的時間，在下午一點到新幹線的剪票口前等他。

那兒有人在爭吵，沒想到其中一人居然是島。

「你是為了工作來的嗎？」我指著他的領帶問。島曖昧地答道：「也算是啦。」

「還在做之前的業務嗎？」潤也問。

「那個工作已經辭了，有一段時間了。之後我就留長了頭髮，你看，像這樣是沒辦法當業務的。」島一邊摸著蓋住耳朵的頭髮說。

「短頭髮比較適合你哦。」我說。

「總覺得把身體的一部分剪掉很可惜。」島得意地回答說：「總之呀，我目前在某處幫忙。」

「幫忙？」

「是一個政治運動，未來黨的黨員運動。只是幫忙。」

「喂，你想溜嗎？」剛才和島爭吵的男子向我們走來。男子蓄著極短的髮形，下巴留著鬍子。

「怎麼了？」

島一臉不耐地答道：「剛才在新幹線上，他坐在我旁邊。我們本來在討論一件事，後來就吵了起來。」

「還不是你這傢伙，說什麼憲法第九條很愚蠢。」男子鼻息急促地說。

「我沒有說呀，我只說我贊成修正。」

「你這傢伙，居然瞧不起和平憲法，」男子正打算繼續發表言論，島立刻打斷他：「我真的覺得很不可思議，像你們這些訴求和平的人，為什麼動不動就緊咬著人不放？」

「你說什麼！」

看著兩人又吵了起來，我只能退到一旁觀望。潤也跳出來說：「你們這樣吵下去也不會有共識，乾脆猜拳決定好了。」

「什麼？」島和男子都轉了過來。

「你們和我猜拳。如果我猜贏了，就不要繼續無謂的爭論了。如果我輸了，就隨你們繼續吵。」

「你有什麼訣竅嗎？」點完餐後，島好奇地問潤也。

我們走過拱廊走道，來到了位於地下的咖啡廳。走下陡峭的樓梯，再往前走過一條微暗的通道，這家咖啡廳就在通道的盡頭。這裡的裝潢很漂亮，咖啡也很好喝，但是不知道為什麼就是收不到手機訊號，總是沒什麼客人，彷彿沒人知道這家店的存在。這裡的環境很安靜，也很舒適。

剛才在車站裡臨時展開的猜拳大賽，最後在潤也連續猜贏山羊鬍男三次之後劃下句點。島覺得可疑，於是主動要求潤也和他一決勝負，潤也答說：「好啊。」接著同樣連勝三拳。兩人完全摸不著頭緒，一臉悻悻然，似乎不太能夠接受這個結果，山羊鬍男氣焰受挫，帶著不明就裡的心情離開了。

「為什麼都是你贏？以前就這樣嗎？」

「是從我哥死之後才這樣的。」

過了一會兒，沉默的店老闆突然無聲無息地出現了，放下了三杯咖啡。我才想說聲謝謝，老闆已經站在吧檯後方了。真是神出鬼沒，簡直像幽靈一樣。

「猜拳時，你知道我下一拳會出什麼嗎？你有預知能力嗎？」

「潤也說他沒想那麼多。」

「你只是湊巧出了會贏對方的拳？」

「對呀，只是湊巧。」潤也苦笑著，搔了搔太陽穴一帶。

「不知道猜拳獲勝的機率是多少啊。」島說。

「獲勝的機率？」

「就是隨便亂猜的獲勝機率。剪刀、石頭、布，一共三種動作。對方也是三種，所以就有三乘三種組合。」島好像要開始計算，於是我說：「假設對方出石頭，那麼就要出布才會贏，出剪刀就輸，出石頭的話就平手，對不對？也就是說，三種動作之中，可以贏對方的有一種，所以應該是三分之一。」我說出了自己的想法。

「啊，好像是哦。」

「所以潤也就是把這三分之一的機率占為己有嘍。」島這樣的說法，好像是把女人占為己有，或是把師傅的技術占為己有，有點怪的形容方式。

「從我哥死之後。」

「真有這種事？」

「我也不知道。」潤也聳了聳肩。

「像那種說自己突然擁有超能力的人，不都很可疑嗎？一點真實感都沒有。」

「以前有一個高傲的導演，只拍了三部電影。他曾經對某影評人說過：『只會真實感、真實感地囉嗦個不停，最好你們這些整天只知道看電影的人，都很了解真實社會啦。』」

「真是滿口大道理的導演。」

「我記得其中一幕像螢火蟲般閃耀的森林非常漂亮。」潤也說。我也記得這一幕，點頭附和說：「對呀。」

「好，既然這樣，來猜猜看吧？」島說。「看下一個走進這家店的是男人還是女人，這樣的話機率就是二分之一了。」

潤也好像覺得很麻煩，沒有立刻答話，只是緩緩地把咖啡端到鼻子前面，輕啜了一口，說：「那我猜男人。」看他的表情，似乎只是隨便亂猜的。

我緊張兮兮地想下一個客人究竟是男人還是女人。但仔細一想，這裡的客人並不多。島似乎和我有相同的想法，起初雖然不停向看著後方的店門口，不久也就放棄了。

「安藤都已經死了五年啊。」島說。「那時正好是犬養受到社會大眾矚目的時候，還發生了好多事情。」島露出了懷念和苦悶參半的表情。「比方說足球選手遇刺事件。」

「住在我們家附近的安德森，他家也是那時候發生火災的。」這種事情不知道該稱作意外還是人為事故。雖然是縱火事件，卻一直沒抓到嫌犯。因為大家對強國美國有太多反彈或是不滿，所有人都直接把這件事情視為對美國人憎恨的發洩出口，所以就算有人縱火，大家還是拍手稱快，大叫「幹得好」，簡直到了讓人不舒服的程度。或許這個反美情結現在還存在，不過完全不接觸新聞的我們是不會知道的。

「或許哥當時是為了阻止世界繼續變得奇怪吧。」潤也回憶著當時，慢慢說道。

「變得奇怪？」島皺著眉頭。

「雖然還稱不上群眾心理，不過因為哥很不喜歡大家失去冷靜，一窩蜂的行動。他不喜歡大家毫不思考，只是跟著潮流走。」

「所以那時候他才會去聽犬養的演說？因為希望犬養能改變世界？」

「這個我就不知道了。」潤也歪著頭說。

「反正犬養現在已經變成首相了。說到這個，你們還是過著不看新聞的生活嗎？鎖國狀態？」

「對啊，黑船怎麼還不來啊？」（註）聽到我這麼說，島愕然地說：「真是太誇張

註：日本於十九世紀實施鎖國政策，阻隔一切外來文化及經濟活動。直到一八五三年美國海軍率領四艘軍艦到江戶灣口，以武力威脅幕府開國。由於這些軍艦船身都是黑色，日人將此事件稱做「黑船來航」。

了。」

「就連景氣復甦，我也是最近才知道的。」

「不會吧。」

「一般人在日常生活中，很難感受到所謂的景氣呀。這實在很詭譎，頂多只能看出計程車的空車率變少吧。景氣真的變好了嗎？」

「大概是在未來黨成為執政黨之後吧，犬養不是一點一點地刪減公共事業、議員年金這些他覺得沒必要的預算嗎？」

「你這麼問，我也不會知道啊。」

「你們兩個真是很麻煩耶。」島笑著說：「犬養他這麼做了，一方面也努力讓年金制度變得更完善。」

「年金？」

「景氣不好的時候，經濟不是不流通嗎？但如果說大家都沒錢，似乎又不是如此，而是大家都把錢存起來了，因為會擔心未來，因為政府和政治人物都不值得信賴，所以犬養決定要改變這一點。」

「信賴政府和政治人物？有可能嗎？」

「這個嘛。」島突然脹紅了臉，就像女朋友被人批評一樣。「他首先著手於年金制度的改革。只有解除了對未來的不安，才有心思花錢。」

「只有這樣就能讓景氣好轉嗎？」潤也喪氣地說。

「還是能一點一滴地看到效果啦。而且年金制度的法案目前已經通過了。這個國家的人總是喜歡跟著氛圍走。總之，只要能營造出景氣似乎變好的氛圍，大家就會動起來了。也就是說，所有人都不希望自己被當笨蛋看。很單純的。」

「犬養什麼時候變得這麼有力了？」大哥去聽他的演說時，他應該還是個小在野黨的黨主席而已。短短的五年內，他就變成首相，還能任意決定年金制度？我很懷疑。

「有幾個原因。」島將咖啡一口飲盡，「第一點，犬養對自己非常嚴格。」

「對自己嚴格？」

「以前的政治人物總是排開所有不利於自己的事情，淨說些大話，對自己卻很寬容。犬養首先就改變了這一點。像廢除議員年金，短時間內就決定了。而且還批判在自己選區裡專門討好、奉承特定團體或企業的議員。」

「其他議員居然都沒反對。」

「這就是第二個原因了，犬養真的很幸運。那些反對的議員，或是其他大老，都一個個從檯面上消失了。不是很久以前的不倫醜聞被挖出來，就是接受政治獻金被人舉發，後來犬養最大的死對頭，也就是當時的執政黨大老過世，影響更為巨大。」

「原來犬養也很好運。」

「和他作對的人該不會都是被犬養暗殺了吧。」我不經思索便脫口而出。

島的表情看起不太開心，「那些人都是因為腦溢血、心肌梗塞而過世的，都是些老頭子了。」

「我哥也是腦溢血。」潤也小聲地說。

「啊，不過，犬養不是遭受到很多攻擊嗎？」我插嘴道。

「我也曾經在其中一個現場。那天犬養接受採訪，一個偽裝成記者的男人突然拿出槍來。真的是非常恐怖。」

「啊？真的嗎？」

「真的真的。那個人拿槍指著犬養的頭。所有媒體記者都嚇壞了，根本動彈不得，只有犬養一個人鎮定得不得了。」

「所以他沒被擊中？」

「不可思議的是，那個暴徒居然拿著槍動也不動。或許是太緊張還是其他原因，他鐵青著一張臉，尖叫著說：『你只會搞垮這個國家。』接著犬養就面對面瞪著男子，靜靜地說了一句話。」

「說什麼？」

「他說：『你對日本歷史了解多少？對於日本在亞洲的定位、和世界各國的關係，你想得有我多嗎？有的話說來聽聽。』接著又壓低聲音說：『萬一你的想法只是從網路上看的，或是拷貝自評論家的說詞，那我對你就太失望了。你最好能證明自己的言論不是抄襲別人的。』」我覺得島的眼神此時散發出詭異的光芒，看起來有些恍惚，彷彿在背誦著腦海中的聖經一般。

「然後呢？」潤也催促著說。

「那個人當場就倒地摔倒了。雖然馬上被送到醫院，還是死了。」

「怎麼會？」

「我也不知道。Duce的老闆覺得應該是極度緊張所致。犬養那時候也真是千鈞一髮。」

「Duce的老闆？」我在記憶中找出了這個人和大哥的關聯性。「你是說大哥常去的那家酒吧？」那個人頂著光頭，充滿知性的臉孔，大哥告別式時也來幫忙了。沒記錯的話他應該就是大哥常去的那家酒吧的老闆。

「對對對，就是開了那家『Duce』的酒吧老闆。他現在和我一樣都是未來黨的黨員，那個人的眼光很準哦，我遠遠不如他。而且他還是個很幸運的人。」

「幸運？」

「因為犬養遭人襲擊的時候，他大多時候都在場啊。」
「是嗎？」我和潤也含糊地搭腔說。
咖啡廳的門開了，我看了一眼。一個蓄著長髮、一臉鬍碴的男子慢條斯理地走了進來。「正確答案。」島指著潤也說：「是男的。」

12

「你睡了嗎？」夜晚我躺在床上，枕著枕頭，盯著天花板。
我們住的公寓雖然已經不新了，仍然非常堅固，也許是防音工程做得好吧，每到晚上都靜得不得了。我的聲音就像一顆笨手笨腳的小石子掉在攤平的白紙上，弄皺了白紙。
「還沒。」潤也說。
我們兩人都只穿著內褲。剛才滿身大汗地做完愛，過了一會兒還是會覺得冷。但是又不可能就這樣彼此擁抱著入眠。「島哥看起來精神很不錯呢，雖然頭髮實在太長了。」
「對呀，他真是個怪人。」
「你覺得公民投票時，島哥會投給哪一邊？」那天島雖然說了很多犬養的政績和策略，卻沒提到任何自己的意見。

「憲法這種東西，肉眼又看不見，一般人平常是不會意識到的，只是在文字上動手腳，增減個幾行，妳不覺得這樣很可笑嗎？」潤也枕著枕頭，動也不動。

「對呀，說的也是。」

「我可以想像如果哥還活著，他會怎麼看待這次的公民投票。」

我很喜歡聽潤也說到大哥的事情。雖然潤也對大哥抱持著無條件的信賴和依賴，有時會讓我覺得奇怪，但看著潤也一副若無其事地說著「因為哥曾經這樣說過」或是「哥說的從來都沒有錯」，總讓我有幸福的感覺。

「哥不是曾經斷言憲法第九條一定會修正嗎？」

「是嗎？」

「他總是這麼說。他說愈聰明的人，愈會覺得和平、健康這些東西很陳腐，這種人就是有這樣的特性。」

「又來了，陰謀論。」

「不過呀，實際上根本沒有人刻意要這麼做。只是，如果有人大喊『反對戰爭』或是『為世界帶來和平』這類看似正確的話，我們應該只會覺得很吵吧。可能會覺得他們整天只知道說些大話。」

「你也這麼覺得？」

「應該會吧。我念高中的時候大家不是都會抽菸嗎？結果有一個同學跳出來說抽菸會影響健康，還說什麼不要亂丟菸蒂。囉唆得要命。」

「他說的沒錯。」

「但是他這麼說根本是瞧不起我們，大家根本不管什麼健康不健康的。就是這樣啊，就算有人說抽菸對健康不好，叫人不要抽，並不會有人因此向他道謝，並說自己做錯了，以後不會再抽菸了。同樣地，所有的事情都朝著和平與健康的反方向不停發展，要是稍有猶豫，就會像被磁鐵吸走一般，往混亂的方向去了。哥是這麼說的。」

「是嗎。」哥是這麼說的，這句話聽起來很舒服。

「哥以前曾經跟我討論過憲法修正的事情。」

「什麼時候？」

「他還是大學生的時候，他曾經說過。」潤也沉默了一會兒，彷彿緩緩轉動著記憶的齒輪。當我懷疑他會不會就這樣睡著的時候，他低聲地說：「這個國家的人啊，不太擅長一直生氣、一直反對。」

「一直生氣是什麼意思？」

「哥說就算第一次鬧得很大，但是第二次之後就沒興趣了。就像剛導入消費稅時、自衛隊的國際和平協定派遣時、公民個人資料共享系統啟動時、海外人質事件時，不管什麼事情，只有一開始會受到眾人矚目，媒體也蠢蠢欲動。但是只要一旦通過，大家的情緒就會突然降溫。但又不是膩了或是退燒了，比較像是『差不多夠了吧，這種大拜拜舉行一次就夠了』這種瀰漫著疲態的氣氛。」

「潤也？」雖然那的確是潤也在說話，但是卻隱藏著一股不同於以往的陰沉，而且他明明是一邊回憶一邊重現大哥的話，卻異常地流暢。莫非，躺在身邊的，不是潤也，而是一個和他長得很像的人。

「所以呀，如果我是政治人物，」潤也繼續說：「我就會這麼做。剛開始時不要進行大幅修正，只稍微修改成『為了自衛而保有武力』，或許也可以加上『不實施徵兵制』。不過就算只有這一點修改，應該還是會引起大騷動。媒體會整天討論這件事，也會有許多大家熟悉的學者發表各種意見。接著憲法大概就會改變了。不過重要的在後頭，必須看準時機繼續修改條文。這麼一來，不管是媒體或是一般民眾，也不會舉行像第一次那樣的大拜拜了。不管是抗拒、憤怒甚至是反對運動，都不會持續進行了。大家會覺得：『這樣就夠了，反正第九條已經被修改了，以後再改就好了』一旦成為既定事實，大家就沒有力氣和心情去反抗了。廢除『不進行強制性兵役』也很容易。就像曾經被大家認同的消費稅又要調漲了，已經開始的工程不可能中途停止。」

「你怎麼了?潤也。」潤也說話的條理很清楚，不像是被魔住。不過如果他是認真的，口氣又未免太沒有感情了。於是我連忙叫了他的名字。

「可能的話，」潤也繼續說：「第一次修正時如果能夠針對憲法修正的必要條件，也就是第九十六條進行修正的話，就更棒了。這樣就更容易舉行第二次修改的公民投票。總之，即使是清廉有能力的政治人物，也不能唐突採取大膽的行動，而應該先拋出楔子，當作一個開頭來達到目的。就這樣。如果是我，我會這麼做。」

「潤也?」

當我第三次叫喚潤也的名字，他沒有回答。我又再叫了他一次，只聽見他穩定的鼻息。

我想，現在躺在身邊的，應該不是平常的潤也，而是被大哥附了身的潤也。但現實生活中不可能有這種事，應該是他以前曾經聽過大哥說過這樣的話，而這些話正從記憶中不斷流出罷了。很可能是如此。隨後我也跟著進入夢鄉。

13

隔天早上我向潤也問起昨晚的事，他果然都不記得了。「妳在說什麼呀?我說夢話了嗎？」

「你說了一些很像大哥會說的話哦，跟憲法相關的。」

「不會吧。」潤也眨著眼睛說：「難道我也開始說一些艱深難懂的話了嗎？」他一臉感慨的說。

「這樣不行哦，如果你像大哥一樣想太多，結果倒了下來，那就太划不來了。」潤也舔了舔從吐司滑下的奶油。「對了，哥是在犬養的演說會場上過世的吧。」

「說是會場，其實不過是街頭演說吧。」

「這樣不是和島哥昨天說到的偽裝記者的情況很像嗎？」

我不由得皺起眉頭，不知道該說些什麼，只是偏著頭。

「那個人也是當場死亡，和哥一樣都是腦溢血。」

「所以呢？」

「哥也是因為接近了犬養，所以才死的。」

「什麼意思？」

「會不會是犬養具有這種能力？能讓接近他的敵人突發性腦溢血。」

「潤也，這種話不要說得這麼認真好不好？」我苦笑道。潤也這麼說不止愚蠢，還讓人不知道怎麼回應。

「我是半認真、半開玩笑的。」潤也突然笑開了。「不過，就算他真的擁有這種能力也不奇怪。」

「當然很奇怪啊。」

這個話題到這裡就結束了，我們又專心地吃著吐司。過了一會兒，潤也突然又說：

「是機率嗎？」

「什麼機率？」我動腦想著，這次又是什麼話題了？

「剛才突然想到，發生在我身上的好運是不是有固定的機率？」

「什麼意思？」

「昨天不是說猜拳獲勝的機率是三分之一嗎？」

「嗯，對呀。」

「猜客人的性別是男是女，機率是二分之一。」

「那賽馬的單勝呢？」

「從十頭裡選一頭，所以是十分之一吧。」

「啊！」我和潤也同時大叫。兩人的聲音像撞在一起，在餐桌上碎裂開來。

「這麼說來，沒有猜中的第九場賽馬裡，一共有十二匹馬呀。」

「我也這麼想。那次的機率是十二分之一吧，這表示十分之一以內都沒有問題嗎？」

「所以連勝馬票才沒有猜中。」潤也似乎對自己的假設非常有信心，篤定地說：「同時猜第一名和第二名的話，猜中的機率就會低得多。根本不到十分之一。所以啊……」

「所以啊？」

「說不定上限只到十分之一。我知道我的能力限制了，我可以猜到十分之一以內的機率。對不對？」

「所以對潤也來說，十分之一等於一的意思？」

「如果真是這樣，會怎麼樣呢？」

「哪有什麼怎麼樣，只是非常詭異。」我邊說，邊覺得坐在我對面的潤也，似乎離我愈來愈遠了。你要去哪裡呢？我感到不安。

14

隔天早上我到公司時，雖然還不到上班時間，但大多數的同事都已經到了。我以為自己遲到了，看了一下時鐘，才發現不是這麼一回事。

我看見赤堀，他站在座位前，拿著話筒，面露凶光地說著話。仔細一看，多數人都在講電話。有人脹紅了臉，眼睛怒火中燒；有人皺著眉頭，鞠躬哈腰，似乎在向人賠罪。雖說辦公室的氣氛很熱絡，但所有人的臉上都不見神清氣爽，反而都很陰沉。有些人在辦公室裡奔走，大前田課長等二十人左右湊在窗戶旁的會議桌前開會，看起來都是位階比較高的人。

「詩織，早！」蜜代從後方經過，手上抱著整疊的資料。

「怎麼了？」我指著眼前的光景。

「真是嚇人一跳耶。昨天晚上我們收到緊急聯絡，要求社員一早都到公司報到。」

「怎麼了？」我跟在蜜代後面，終於走到自己的座位坐下。

「那個呀，我們公司的塑膠製品基本上都是在東南亞的工廠加工的。」

「東南亞？」

「之前在中國大陸，但是自從之前開採天然氣的糾紛，外交上出了些問題之後，所有企業都撤資了。然後啊，反正就是前天傳來了不好的消息。」

「不好的消息？」

「聽說我們的產品裡摻雜了有毒物質，是在工廠的製造過程中受到污染的。」蜜代幫我做了過濾，省略了我不需要知道的正式名稱。

「是很不好的物質嗎？」

「只要用微波爐加熱就會產生微量的物質釋放到空氣中，孕婦和幼兒吸入都會產生影響。」

「那真是不得了。」

「只是聽說啦。但因為我們的塑膠製品主要用於微波爐，所以很不妙。」

「只是聽說的嗎？」

「大約一個星期前，公司收到了匿名通知，是一封電子郵件。聽說我們公司的相關負責人現在已經到當地去了解狀況了。我們不知道可信度有多少，但不知道是誰走漏了風聲，現在連網路上都在傳，眼看問題就要紙包不住火了。所以部門員工才會一早都被叫到公司來。只要發一通手機郵件就能同時傳給所有人，這個世界真的是愈來愈方便了。」

我再度環顧四周。平常總是邊喝咖啡邊談笑的歐吉桑和歐巴桑，現在卻每個人都殺氣騰騰地面對著電話與文件，或是在應對打電話進來的人，或是向客戶進行說明。「由於目前還在調查中，真的很不好意思，這次出貨可以先暫緩一下嗎？」赤堀誠懇地說著電話。我只不過是一個事務職的派遣員工，什麼也做不了，卻開始胃痛。或許是感覺到我的異狀，蜜代馬上就轉過頭來看著我，一臉和緩地說：「大家都這麼賣命，很恐怖吧。」

「我什麼忙也幫不上，真的讓我很不好意思。」

「詩織妳有自己的工作，沒關係呀。」

蜜代返回自己的工作崗位，我開始計算同事申請的出差費用。

「你到底在想些什麼！」不久，我們都聽到大前田課長的大聲吼叫。不管是拿著話筒，還是面對電腦螢幕的人，大家都不約而同轉過頭去看著窗邊的會議桌。

大前田課長站了起來，表情比平常更嚴厲，卻沒有特別激動，他只是用力揮舞著右手。「應該把所有的事實都公諸於世吧。」課長的聲音穿透力極高。「少說什麼正義感或是好聽話了，從大方向來看，這麼做才能將風險和成本降到最低。」

其他抬頭看著大前田課長的公司重要幹部都露出了沒有格調的笑容，彷彿在說「別說傻話了」。「戰鬥吧，大前田課長。」蜜代雙眼緊盯著電腦螢幕，喃喃自語地說。

這時我想的是：「現在這個地方應該沒有人在乎日本憲法如何了吧。」如果身處事態嚴重的狀況下還有同事想這些事情，那才不對吧。沒有人會想到這種離自己生活極遙遠的問題，也不會有那個心情，只能暫時把這件事放在心裡。用用你的腦。我聽到了。總覺得這個聲音很耳熟，好像是潤也的大哥，我怕極了。害怕的同時，也感覺很熟悉。

「這麼快就中午了。」我們到了附近的咖啡廳，點了義大利麵午餐後，蜜代嘆了口氣。

過了中午，辦公室裡總算冷靜下來。當然還不到整件事落幕的程度，而是已經無計可施，只能靜待事態進一步發展了，雖然冷靜中還混雜著疲倦和徒勞無功，不過至少已經不那麼慌張了。

「不知道接下來會怎麼樣喔。」

「對呀。」蜜代小聲地笑了，把玩著手上的水杯。「現在先止住商品的流通，或許還會回收已經賣到消費者手上的商品。不過不趕快通知媒體的話，真的不太妙。」

「剛才大前田課長很生氣呢。」

「因為東南亞的工廠一出問題，身為管理者的我們就會受到指責。而且我們和當地簽約的時候，應該就有人暗中在成品檢查這一關放水了吧。一定是上頭有人想把事情壓下來，說了些蠢話，所以大前田課長才會生氣。」

「大前田課長真了不起。」

「沒錯，他真的很了不起。」蜜代吃完義大利麵，喝了口水，點點頭。「發生這種麻煩的時候，就能看出一個主管的能力。就像到了陡坡的滑雪道後，才看得出滑雪功力好不好一樣。」

「那犬養首相呢？」我脫口而出。

「為什麼突然提起犬養的名字？」

「我只是突然想到，不知道那個人優不優秀？」我也無法理解自己為什麼會突然說出這個名字。只是一聽到「主管的能力」就反射性地想起犬養筆直的站姿。「那個人到底是好人還是壞人？」

「是好人還是壞人？我想連他太太也不知道吧。」

「犬養首相已經結婚了嗎？」

「他兩年前和一個漂亮又年輕的模特兒結婚了哦。不過呀，雖然完全沒有明確的證據，聽說他到目前為止和幾百個女人發生過關係，而且幾乎都是一夜情。之前有人在電視上說過，聽說墨索里尼也是這樣。」

「墨索里尼？妳是說那個墨索里尼？」

「對呀，對呀。」

「像這種女性問題，不會成為政治人物的小辮子嗎？」

「真的很不可思議吧。」蜜代表情嚴肅地搖搖頭。「我原本以為像這種倫理問題會是政治人物的死穴，但根本不會。其他政黨也是拚命拿這一點攻擊墨索里尼，但完全沒效果。」

「墨索里尼？」

「啊，我說錯了，是犬養。不過啊，這也是犬養厲害的地方啊。雖然傳出很多桃色醜聞，但他卻完全沒有政治上的瀆職，簡直到了潔癖的程度。他完全不露出任何弱點，又擅長辯論。只要被他的眼神懾住，不管是誰都會退縮。」

「很久以前他是不是曾經說過，如果景氣在五年內沒有回復，他願意一死？」我的腦海中還留著這個記憶。

「有啊有啊，他說只要我能執政，就能在五年內回復景氣，不成功的話就砍頭。我也記得。」蜜代懷念地搖搖頭，說：「不過呀，實際上現在景氣也的確在回春中，真是不簡單啊。」

「為什麼犬養辦得到呢？」我想起前幾天島說過的話，提出這個疑問。

「因為他有大膽果決的決斷力和自信，而且就算遭人怨恨，也能處之泰然吧。或許現在的政治人物也都知道自己該做些什麼，不過有些事如果斷然執行，會引來眾怒，也很恐怖，所以大家都沒做。可是犬養卻會去做該做的事。」

「是不是因為景氣已經回春，所以大家對他隨便的男女關係也就睜一隻眼、閉一隻眼了？」

「這也是原因之一，不過更主要的原因還是因為犬養的太太之前在電視上說過：『大家能把國家交給一個被追問女性問題時，只會驚惶失措慌忙解釋的男人嗎？』一臉美麗的表情，看起來完全不在乎。聽她這麼說，大家也不方便再說什麼了。而且也不知道這些事是真的假的，聽說被他拋棄的女人也幾乎都沒怨言，到現在都還支持他。這也是一個很重要的原因。」

「如果是我自己的丈夫，我絕對不允許這樣的行為。但我不知道做為一個政治人物，這是不是正確的作法？」

「我也不知道。不過，或許正因如此，犬養才能獲得支持。他在很多方面打破了常規，要魅力也有魅力。更重要的是，」

「是什麼？」

「他完全把自己的利益和安全置之度外。」蜜代感動地說：「這對政治人物來說是非常了不起的資質。之前選舉的時候，犬養的未來黨增加了好多席次，但卻不見黨員面露喜色。」

「當選不是好事嗎？」

「他們說，只要想到當選後對政府有應盡的責任，就沒辦法開心地慶祝。」

聽到這件事，我心想，原來那些勝選後大肆慶祝的人或許都沒做好心理準備吧。

「我以前看過他在電視上朗誦宮澤賢治的詩。」

「他最近也常常說。」蜜代托著下巴的樣子還滿嫵媚的，她看著窗外，自言自語似地低聲吟起那首詩。

諸君啊，這股抖擻的
從諸君的未來國度吹來的
透明而純淨的風，感受到了嗎？

「多聽幾遍之後，覺得這首詩真的寫得好棒哦。」

「這首我也知道。」可能是大哥還在世的時候，潤也在書上讀到的詩。「不過，蜜代妳討厭犬養嗎？」

「因為他很恐怖啊。」

「恐怖？」

「剛才說了這麼多，但是我覺得他讓人很不舒服，所以我不喜歡他。」

「即便妳肯定他做為一個政治人物是很優秀的？」

「大概五年前開始，大家對國家的意識不是慢慢抬頭了嗎？所以開始對美國、中國產生反感，覺得如果對方這樣對待我們，就要以眼還眼之類的。」

「之前潤也的大哥曾經說過，年輕人不以自己的國家為榮，都是因為大人太醜陋了。他說不是因為過去的歷史如何，而是因為大人們都是蠢蛋，所以年輕人才會對自己的國家滿不在乎。」

「一點也沒錯。」蜜代用力地點頭。「現在的犬養可說徹底顛覆了這種醜陋的大人形象，變成了強而有力的大人象徵。一定是這樣。他讓年輕人覺得『這就是我們最自豪的大人——犬養首相』。妳知道有一個能夠可以讓年輕人很快就對妳佩服得五體投地嗎？」

「外表和手腕嗎？」

「不是啦，」蜜代口氣輕柔地否認，說：「就是掌握最新、最多、最值得信賴的資訊。也就是取決於妳所掌握的資訊量。資訊能帶來他人的尊敬。聽說犬養的腦子很好哦，因為他腦中情報的質和量比任何人好，所以辯論從不會輸。年輕人不希望讓人找到任何揶揄的機會，這種感覺慢慢轉變成憧憬和信賴，所以犬養才會那麼受歡迎。」

「妳覺得這樣很恐怖？」我一直在問問題。

「總覺得好像哪裡有什麼陷阱似的。應該說，感覺犬養雖然在思考，但一般人卻沒在用腦。雖然犬養很厲害，但聚集在他身邊的人卻很恐怖。」

「他在思考，大家沒在用腦？」

「詩織妳不覺得恐怖嗎？」

「我不知道。」雖然覺得不好意思，但我還是直說了。

蜜代自嘲地說：「如果《月刊挖耳杓》可以賣到一百萬本的話，世界說不定就和平了。」說不定哦，我心想。「好——下午也努力為身陷泥沼的公司工作吧！」說完蜜代站起身來。我們到了收銀檯前分別付了自己的午餐費。我告訴年輕老闆說：「你們的餐點很好吃。」他似乎打從心底感到高興。

走出餐廳、回公司的路上時，蜜代說：「剛才不是說到墨索里尼嗎？」

「你說犬養？」

「不，這次說的是真的墨索里尼。」她笑著說：「墨索里尼最後和情人裴塔琪一起被槍決，屍體好像還吊在廣場示眾哦。」

「唉呀。」

「圍觀的民眾對他們的屍體毆打並吐口水，接著還倒吊他們的屍體呢。結果裴塔琪的裙子就整件翻了過來。」

「唉呀。」

「聽說民眾看到之後大喜，大家看見她的內褲都好興奮哦。不管哪個時代都一樣，男人，不，女人也是這樣吧。不過呀，那時候有個人在噓聲四起下，上前把裴塔琪的裙子拉好，還取下自己的皮帶固定住，以免裙子往下掀。」

「唉呀。」我一邊想像那個人當時身處的狀況，他的膽量讓我佩服。「其他人一定會生氣地罵他憑什麼這麼做，他難道不怕嗎？」我想當時那個場面，就算大家指責他包庇那個女人，對他痛罵、甚至施以暴力，他也無法提出反駁吧。

「真了不起。」蜜代的口氣就像是呵護著重要東西般。「其實我常常想，希望自己至少能成為那樣的人。」

「妳是說把裙子拉回來的人嗎？」

「我們無法阻止其他人鼓譟、騷動，這麼多人一起採取行動真的很恐怖。不過，至少啊，可以幫忙讓裙子不要掀下來。就算有困難，我也希望自己至少會是那個想幫她把裙子拉好的人。」

「我覺得妳一定可以的。」

「不過呀，前一陣子去詩織家，我覺得妳和潤也才應該是這樣子的人哦。」

「妳是說我們會去幫忙拉裙子？」

「我覺得你們兩個是『就算無法阻止大洪水，但仍然不會忘記其中重要的事』的那種人。」蜜代刻意加強了語尾，不知道是不是跟我開玩笑。

15

回家後，我發現潤也正在清洗浴室。房間的燈是關著的，只有浴室亮著燈，傳來一陣陣細碎的腳步聲。潤也從浴室探出頭來，一手拿著海綿，打著赤腳、擺出蹲馬步的姿勢。「啊，妳回來啦。」

「怎麼突然想打掃？」

「最近不是都沒洗嗎？我看見有點長黴了，看不下去。」

只要看不下去，就會坐立難安，然後非要徹底打掃過後才能安心，這就是潤也的個性。他常常半夜起來擦地、擦拭鞋櫃裡所有的鞋子，甚至還曾經一大早忙著整理書櫃。

可能是潤也灑了去黴的清潔劑吧，一股氯氣的味道撲鼻而來。

「還有啊，」潤也皺著眉頭說：「那個也出來了哦，那個。」

「哪個？」

「就是潺潺啊，潺潺。」

「什麼潺潺？」

「對哦，我還沒跟妳說過。」潤也壓低了下巴說：「是一種蟲。」

「潺潺聽起來還滿可愛的。」

「好蠢。」

我換好衣服、卸好妝，完成了回家之後的一連串作業，剛在餐桌前坐下時，潤也正好從浴室出來了。他拿出冰箱裡的牛奶和杯子，倒了一杯牛奶，一口飲盡。拿開杯子後，他的嘴唇周圍長了一圈白鬍鬚，一股令人聯想到嬰兒的味道向我飄了過來。

「公司發生了什麼事嗎？」

「啊？你怎麼知道？」我正好回想著公司發生那件有害物質的事情，所以嚇了一跳。「這也是直覺嗎？」「不是啦，因為妳的表情看起來若有所思。」

接著我們輕描淡寫地聊了一些彼此公司的事，不知道為什麼又聊到了憲法修正的問題。

「我之前也說過，老實說，反戰這類東西聽起來都很假，所以我很不喜歡。今天在做蒼鷹的定點調查時，突然想到一件事。」

「什麼事？」

「最近不是大家都在談什麼憲法、軍隊嗎？」

「嗯。」

「我想，要是乾脆廢除自衛隊和一些有的沒的，不知道會怎麼樣。」

「會怎麼樣是什麼意思？」

「就是都不帶武器啊。不擁有任何武力或兵器，隨他們便。」

「然後怎麼辦？」聽到這麼幼稚的意見，我笑了。

「這樣的話，還有誰會攻打我們？我實在想不出有什麼理由值得特地攻打一個領土那麼小、資源那麼少的國家。」

「不過，像中國就抽了日本的天然氣呀。」

「不管我們有沒有武力，其他國家都會這樣對我們啦。老實說，如果真的想整備軍隊，就非得購買和敵對國不相上下的武器才有意義，不是嗎？如果其他國家有核武，那我們沒有的話就沒有意義了。這樣下去沒完沒了。既然這樣，那就乾脆不要有。」

「你覺得這樣有效嗎？」

「跟矢吹丈（註）的無防禦式打法一樣，對方也會嚇一跳。」

「矢吹丈是做什麼的？絕對行不通啦。」我斬釘截鐵地說。嚇對方有什麼用？「假如一個全裸的美女躺在床上睡覺，你覺得沒人會偷襲她嗎？」

「我就不會。」潤也光明正大地挺起胸膛說。「因為我喜歡幫人脫衣服。」

「這個舉例不好。那我換一個，假如家裡的門都沒有鎖，又裸身睡覺，你覺得小偷不會進門嗎？」

「應該會被盯上吧。」

「對吧？這跟那個是一樣的，無防備卻不被攻打，太超現實了。」

註：日本漫畫《小拳王》（あしたのジョー）的男主角。

「真的不行嗎？」

「還有啊，嘴巴周圍沾滿牛奶的人，說的話實在沒什麼說服力。」

潤也連忙以運動衣的袖口擦了擦嘴，不好意思地說：「不過呀，我問了島哥了。」

他皺起眉頭，「我問他如果要改變世界的話，要怎麼做。」

「啊？」

「我問他真能改變世界嗎。」

我直視著潤也。他眼睛眨也不眨，眼神銳利而堅毅，表情認真到連口中的奶味也聞不到了。我突然覺得眼前的潤也不像潤也，連忙眨了眨眼，再看了他一眼，幸好坐在我面前的還是平常那個散發沉穩氣質的潤也。「他想改變世界嗎？」

「只是舉例啦。」

「島哥說了什麼？」

「他一開始笑了，不過後來又說『只要有意志力和金錢，就能推動國家』。」

「意志力和金錢？」

「龐大的金錢哦，島哥說必須是現金，要幾億、幾十億、幾百億，而且要具有將這些錢用在政治上的意志力，那麼就沒有什麼辦不到了。政治人物都為錢傷腦筋，只要資助政治人物，就能控制他們。」

「是這樣嗎？」

「我覺得這個意見還滿有道理的。」

「比無防禦式打法好一點。」

「對吧？」雖然完全不清楚原因，但潤也還是驕傲地挺起胸膛。「還有啊，我這個週末要回東京一趟。」

「啊？」我沉默了片刻，「怎麼這麼突然？」

「回去給哥哥掃墓。」

「我可以一起去嗎？」我當然很想陪著一起去，但潤也卻當場拒絕我，「不行，我要一個人去。」我嚇了一跳，「真的不行嗎？」

「不是啦，因為這次也是為了工作，所以我一個人去就好。」

潤也的語氣十分堅決有力，所以即使我覺得他的工作是整天發呆觀察鳥類，為什麼會需要到東京去？很想叫他說明清楚；或是很想罵他：「你說有公事要辦都是騙人的吧？」卻還是被他的氣勢震懾而無法說出口。

這時突然傳來「碰！」的一聲，房間的燈熄了。我們面前的餐桌籠罩在一片灰暗之中。「啊，燈泡燒壞了。」我低聲地說。「還沒到熄燈的時間啊。」

「我聽島哥說，哥哥在念書時說過一句話。」潤也在陰暗的房裡說。這句話在發光，就像一盞突然出現的燈。

「啊？哪一句？」

「就算是亂搞一場，只要堅信自己的想法，迎面對戰。」

「會怎樣？」

「這麼一來世界就會改變。我哥哥說的。」潤也站起身，聽起來像是夢話。「哥哥曾經這麼說過。」

16

那個週末潤也果然依照計畫到東京去了。我一個人在家，心情很不好，於是漫無目的地到街上散步。

途中正好經過「SATOPURA」所在的大樓前，抬頭一看，發現辦公室的燈還亮著。東南亞有害物質的騷動尚未解決，而且愈來愈嚴重。網路上開始流傳我們的產品裡混雜了有害物質的消息，但是當地的調查卻一直沒有進展，目前只知道「現在什麼都不知道」。所以課裡這個週末幾乎所有人都進公司加班。

我在一家大型電器行裡看到了犬養。當時我正漫無目的地走著，回過神來才發現已經走進店裡，在薄型大銀幕電視的陳列區前停下腳步。

犬養上了電視，好像是現場直播的節目吧。他穿著西裝，坐在一張大桌子前，應該是新聞節目。雖然很久沒看到犬養了，但他給我的印象和以前沒什麼改變，反而令我訝異的是，他比前幾年更顯剽悍，簡直就像個年輕的武士。略為方正的臉孔上，鼻翼顯得相當挺拔。

節目談論的話題當然是憲法修正案的公民投票問題。或許是仗著自己比犬養年長吧，滿頭白髮的主持人態度頗傲慢，似乎想試探犬養。「公民投票馬上就要在一個月後舉行了。」主持人說。「犬養首相，在這麼重要的投票之前，新聞從業人員和所有報紙都不能發表自己的意見，這樣是不是太奇怪了？」

制定公民投票的公民投票法中明文規定：「公民投票之前，禁止一切會影響投票結果之報導、發言、社會調查等活動。」現場的評論家和主持人都對這一點很不滿。

「現在說這些是不是太遲了？法律就是法律，大家都必須遵守規則。」犬養的口氣沒有畏懼，也沒有憤慨。「公民投票法是四年前制定的。已經過了四年之久，現在討論沒有意義，更何況這種抗議根本不值一提。」

「沒有經過討論就制定的公民投票法根本就違反言論自由。」評論家口沫橫飛地說。「可說是了不起的違憲。」

了不起的違憲，這樣的說法真是可笑。我站在電視前心想。

「了不起的違憲，這樣的說法真是可笑。」犬養在電視裡這麼說。

「現在不是玩弄文字遊戲的時候。」犬養伸手制止了神色激動的評論家。他銳利而懾人的眼神彷彿也穿過電視螢幕刺中了我。

「如果你真覺得你負有使命感，就應該毫不畏懼地讓全國民眾知道。在你指責法律之前，先面對你的膽怯吧。」說完後犬養便直視著鏡頭。

「太過分了。」

「大家知道嗎？」犬養反駁評論家和主持人道：「我想反過來問問日本國民，你們做好心裡準備了嗎？一個月後的公民投票將會大大改變日本的命運。一部明文規定不保有武力的憲法，今後將載明為了自衛而擁有武力。大家應該好好想想這代表什麼意義。應該審慎思考，投下神聖的一票。不要被一時的想法或是潮流牽著鼻子走，我們必須做好接受亞洲各鄰國批判的心理準備。批評和反彈聲浪將會像洪水般向我們襲擊而來。每一位國民都深刻體認這個事實了嗎？修訂憲法是有風險的，必須要有心理準備。大家都能理解這一點嗎？」

「犬養首相，您的發言太不恰當了。」主持人有點臉色發青。「身為一個提出修正憲法的執政黨黨主席，這樣的發言太欠缺考量了，也會影響投票的結果。」主持人驚慌失措，彷彿在說「這不是和剛才提到的國民投票法互相矛盾嗎？」

「無所謂。」犬養表情嚴肅。「有必要，就應該說。不是嗎？如果你懷有信念和使命感的話。最近坊間的議論令我非常擔心。當然我認為憲法是有修正的必要。憲法應該修正，我們必須具備武力。但是身為一個獨立國家，日本若要具備堅決的意志和自豪，就必須理解自己的一票代表著什麼意義和責任。相對來說，如果每個國民在認真思考過國家的將來之後，認為應該放棄一切的武力，認為無防備就是最佳防禦，而定下了未來方針，那麼這也是正確的選擇。」

「真是荒謬！」評論家大叫。

「犬養首相，」主持人顯得相當激動，想必他心裡正在盤算著現場節目出現這樣的言論，對自己的節目是好是壞、自己是否需要負責、會不會受到獎賞或減薪、等著他的究竟是獎章還是處罰吧。「太不負責任了。提出憲法修正的明明是您本人，事到如今您竟然……」

「憲法應該修正，但是我希望國民都先做好心理準備。覺得無所謂、事不關己的人將來一定會後悔。後悔之後還會逃走，反提出不負責的意見。希望大家在投票時不要受到政治人物或周遭人的影響。」犬養明確地看著鏡頭，加強了語氣說：「各位！」他用力吸了一口氣，直視鏡頭的雙眼宛如樹上的兩個空洞。

「不要相信我。用用你的腦，然後做出選擇。」

他同時告訴大家，你們現在所做的都是檢索，而不是思索。

我像是突然被人推了一把似的，不禁挺直了背脊。我第一次看到這麼光明正大說這種話的政治人物，相信他說完那番話之後一定會受到抨擊。他的同伙應該會受到驚嚇、憤怒，而對手應該非常開心吧。犬養是真的這麼受歡迎嗎？以至於他認為講出那些話也無所謂，還是信念驅使他這麼做呢？

進廣告後，我離開了電器行。

我走到了電腦展示區，聽到店員和年輕男性顧客之間的對話。

店員說：「這絕對非常划算哦，不信我跟你打賭。」店員全身散發出熱情，顧客露出逐漸被說服的表情。

不信我跟你打賭。聽到這句話，我忍不住笑了出來。因為那一瞬間我好像看到潤也與店員合而為一，拍胸脯保證似地說出：「不信我跟你打賭」。只要潤也對我說「不信我跟你打賭」，就算只是瞎矇，也很有說服力。

聽到顧客向店員說：「那我就買這個」時，我走出了電器行。

17

兩週後的星期一，我再次來到宮城縣東北方的深山裡，和上次一樣去參觀潤也工作。早上雖然下了一點雨，但馬上就停了，天空格外晴朗，讓人不禁懷疑剛才出現在天空中的烏雲是怎麼一回事。

潤也看到我出現，說「你來啦？」幸好他不是說：「你出現啦？」這樣聽起來很像看見鬼一樣。

「因為最近週末你都不在家嘛。」我抱怨道。

這兩星期的週末，潤也都獨自出門，把我一個人丟在家。他說是到盛岡出差，雖然實際上他的調查範圍的確是在東北六縣市裡，但我還是瞪著他，心想一定是騙我的。如果他真的到盛岡出差，為何隻字不提岩手山，也完全沒有買土產回來，實在太可疑了。更重要的是，他說這些話的時候都不肯直視我的眼睛。

「會不會是外遇？」我找蜜代商量，蜜代說：「不會啦。」這幾天她連續加班，假日也到公司，臉上浮現疲態。但不可思議的是，這股頹廢感卻讓她更添一分嫵媚。「詩織的先生不會有問題的。」不知為何，她如此斷言。

「有老鷹嗎？」我從潤也手中接過望遠鏡，立刻抬頭觀察四周。

「今天滿多的。因為雨停之後，水氣蒸發便產生了上升氣流。」

「所以？」

「老鷹乘著上升氣流可以飛到很高的地方哦，牠們一心想著更有效率的飛行方式，所以很喜歡利用這種氣流，飛升到最高處，再慢慢滑翔到目的地，這樣不是比較輕鬆嗎？」

「原來鳥類會想這麼多呀。」

「牠們也只會想這些了。」

我漫無目的地望著天空，耳邊傳來風聲，心裡想著「天空真的好大啊」這種無聊事。在高空中，是一片無邊無際的湛藍，沒有濃淡的差異，也沒有陰影，而是一片平整而均勻。我注視著這片天空，一時失去遠近距離感，有點站不穩腳。

我深呼吸一口氣。

過了一會兒，無線電那頭傳來訊息，混雜著無線電獨特的雜音。潤也聽著無線電，再度拿起望遠鏡，看著北方的山麓說：「啊！我這邊也看見了。」

在有如白膜般的雲朵中，出現了一個黑點。將望遠鏡對焦後一看，那原來是老鷹。

「是蒼鷹，他正在迴旋上升。」潤也在我身旁說。

我將望遠鏡貼在眼窩上。蒼鷹慢慢地飛翔，彷彿以羽翼小心翼翼地舔舐著天空。空氣流過蒼鷹全身，將牠一點一點向上推。我透過望遠鏡追蹤著牠的行動。

「愈來愈高了。」我的頭愈抬愈吃力，蒼鷹在短短的時間內已經飛得那麼高、那麼遠。

「還可以飛得更高哦。」

「飛這麼高沒問題嗎？」

「等一下就會消失在空中了。」潤也靜靜地說。我不太懂消失在空中的意思，擔心蒼鷹會不會就這樣衝破天空，進入宇宙。

「真的消失了。」

才一眨眼蒼鷹就不見了，我聽見潤也拿起無線電，向同事通報。

我看看潤也，再看看天空，這裡和社會沒有任何連結。在這當下，說不定哪個國家正卑劣而自私地將核子武器瞄準這裡，我們並不會知道。

「啊！」潤也大叫。

回過頭去，只見他已經把無線電放到椅子上，抬頭看著天空。

「怎麼了？」

潤也一動也不動，沒有任何反應。

「潤也？」

不管我怎麼叫他，他還是盯著天空看。到底發生什麼事了？他會不會是突然身體不適，全身不聽使喚了呢？我擔心得不得了，看著潤也的側臉。

潤也一直維持著相同的姿勢。他的胸口輕微起伏，我知道他還在呼吸。

我吞了口口水，正打算上前去抓住他的身體用力搖晃，只見他的喉頭緩慢地動了起來，嘴唇也微微地張開，似乎在喊「哥哥」。

「大哥怎麼了？」

「沒什麼。」潤也終於轉過頭來，恢復了他平常的樣子。

雖然我還是覺得怪怪的，不過繼續待下去可能會妨礙他工作，於是急忙地離開了現場。倒車時，照後鏡中的潤也仍然抬頭看著天空。

18

幾天後，我和蜜代、赤堀、大前田課長一起到居酒屋吃飯。

有害物質的調查結果還未出爐，愈來愈多消費者和客戶打電話來詢問，把氣都發在我們身上，對公司的不滿愈來愈嚴重，報紙和週刊也相繼報導相關話題。公司下了一道公告，規定在事件解決之前，禁止同事之間相邀飲酒、聚餐。還要大家在離開公司大樓時不得面露笑容。在公司的產品可能會對孕婦造成影響的狀況下，身為公司的一員如果沒有如此危機意識的話，的確會受到民眾指責吧。甚至還咧嘴大笑的話，那問題就大了。

不過我們還是偷偷地來到了附近的居酒屋，因為大前田課長突然接到調任通知。本來我們應該幫他辦一個盛大的送別會，但目前公司狀況不容許我們明目張膽地舉行，於是蜜代便企畫了這個小而雅緻、只有少數幾人參加的小型聚會。

「非常時期還讓你們這樣張羅，真不好意思。」大前田課長說。公司調任他的原因不明，蜜代覺得納悶極了，為什麼偏偏要在公司亂成一團的時候調動大前田課長，而且還是調任到有名無實的分公司，實際上就是倉庫的庫存管理部門。

「或許是我在公司裡說了太多狂妄的話吧。」大前田課長苦笑著說。因為全家一起搬家有點困難，所以他會一個人到東京去。大前田課長笑開了，說自己對於即將展開的單身生活其實非常期待。

「如果說了實話就要被發派邊疆，那剩下的就只是些發臭的人了。」蜜代不滿地說。聽說幾個公司主管在面對這次有害物質事件時，都裝作不知情。「這件事我不曾聽說。」「沒聽到下屬的報告。」我還聽說大前田課長大聲地叫罵他們：「你們敢在家人面前大言不慚地說這些話嗎？」

「我已經不知道什麼才是對的了。」聽到赤堀這麼說，大前田課長也點頭道：「電視或報紙所報導的，不完全是對的，也不完全是錯的。」

「因為媒體本來就只會報導有趣的事情啊。」蜜代說。

「當然啊，就是要夠新奇才稱得上是新聞啊。」

「所以呀，比起重要卻不精采的新聞，媒體會選擇大肆渲染那些沒什麼大不了卻夠聳動的新聞。」

「或許吧。」大前田課長說。

「這麼說的話，我們的有害物質應該不算精采的新聞，所以要是這個時候有偶像明星做出色狼行徑被捕的話，大家就不會注意到我們了嗎？」赤堀脹紅著臉，醉得連話都說不清楚了。我們三人立刻嚴聲斥責他：「說話注意點。」

「不過新聞就是這樣啊。」大前田課長的語氣中充滿自嘲，垂著眼說：「假設明天的早報頭版大幅報導知名演員參加成人影片的演出，然後在好幾版之後有一小篇幅的報導核導彈將對著日本發射而來。我想大家的話題還是會集中在演員拍成人片這件事吧。」

「要看是哪個演員。」赤堀一臉認真地說。

「別鬧了啦。」我當場就笑了出來。

接著我們又閒聊了一些事，後來發現原來大前田課長是個超級賽馬迷。

「到東京去之後，我要到現場去盡情享受G1（註）。」課長開心地說。

「為什麼課長這麼迷賽馬呢？」赤堀問，大前田課長滿足地瞇起眼睛說：「因為不會中。」他說得斬釘截鐵：「在小鋼珠或是麻將的領域中，都有人被稱為職業級玩家。但是賽馬就沒有。也就是說，賽馬的規則原本就設計成無法賺錢。」

「這樣不是讓人更討厭了嗎？」蜜代笑了出來。

「不過，」我藉著酒意說：「如果賭大一點，像是一百萬之類的，賠率就會變得很低了啊。」我沒有別的意思，只是希望不要冷場。

「地方鄉下的賽馬或許是如此，不過中央賽馬的規模不一樣，所以賠率並不會有太大變動。」大前田課長一說到賽馬，口氣都不一樣了，我們幾個覺得新鮮極了，互相看著彼此，露出了笑容。

我突然想，如果是這樣的話，那麼潤也就能在中央賽馬中一下子贏到很多錢了。不過，課長後來提到中央賽馬的參賽馬匹數多達十三頭、十八頭，潤也只能猜到十頭以

註：Grade 1，賽馬中競爭最激烈第一名排位賽。

內，根本沒辦法。我失望極了。

「啊，不過呀，有時候也會有九頭、十頭的比賽啦。」大前田課長應該不知道我為什麼這麼失望，不過還是這麼鼓勵我。

「只要等這種比賽出現再賭就好了。」我不知不覺說。

「對，只要等就好了。」我猜大前田課長並不懂我的意思，不過還是向我保證地說：「這麼一來就沒問題了。」

「課長真的很喜歡賽馬呢。」赤堀湊上前擁抱課長，惹得我和蜜代大聲笑了起來。

當時的我們完全不知道此時在東京的電視臺停車場裡，犬養首相遭到刺殺。

19

投票日當天的天氣很好。對於這天的到來，我沒有特別的感觸。

電視節目應該非常熱鬧吧。說不定每家電視臺都派出外景記者到各投票所、在螢幕上以跑馬燈字幕介紹日本憲法無趣的歷史摘要，還有歷代政治人物說過的話、對自衛隊的態度和變遷。也說不定這樣的節目內容已經違反了所謂的公民投票法了。

不過，再怎麼樣，電視臺也一定會派ＳＮＧ車到國立大學醫院去，然後在電視上報導：「記者現在所在的位置是犬養首相被送進來的醫院門口。」

犬養首相遇刺後並沒有生命危險。兇嫌是一名中年男子，自稱是某個不知名的社團成員，聽說他本來支持犬養首相的想法，不過前幾天在電視上聽到犬養的發言後便幻滅了，因此犯下罪行。他還留下一封既不像遺書也不像聲明的信件，而究竟他對犬養首相的哪一段發言感到憤怒則無從得知。

我從蜜代那裡聽說這件事情鬧得還滿大的。

有人批評首相的發言過於輕率，也有人讚頌犬養的使命感。關於他遇刺卻只受到輕傷一事，有人對他的強悍佩服不已，也有人懷疑整件事都是造假。可以確定的是，多數人都更加認為他是一個堅韌不屈、大無畏的政治人物。

「這次不是腦溢血啊。」聽著蜜代的解釋時，我突然這麼想。刺殺首相的男子持刀當場刺進自己的脖子，雖然馬上被送到醫院，還是不治身亡。

潤也似乎已經知道這則新聞了，我向他提起這件事時，他的表情顯得十分冷靜，說出一句令人意想不到的話。「可能發生了一些變化吧。」

「變化？」

「之前島哥不是說過嗎？犬養遇刺好多次都沒事，但這次卻被刺傷了，一定是發生了什麼變化。」

「不過他沒有生命危險啊。」我看著潤也嚴肅的表情。「你是怎麼想的？」

「假設以前都有人在保護犬養。」潤也突然提出一個假設性的想法。

「怎麼保護？」

「反正就是有人在保護他，一個支持犬養的人，或是某種支持他的事物。但這個角色突然發現自己應付不來，決定不保護他了，所以這次的刺客才不是死於腦溢血。」

「這角色是誰？」

「某人。」

「什麼意思？潤也，不要說些奇怪的話了。」

「我覺得犬養是一個有才能的政治人物，不論好壞層面都是。或許他完全超乎大家的想像。」

「什麼意思？」

「比起像犬養這樣的天才，我覺得更麻煩的是，」

「你在說什麼？」

「是群眾，而且是一些忘記群眾職責的群眾。說明白一點，就是沒有群眾才能的群眾。像那種頭腦很好、一副自以為是的人最麻煩了。」

「什麼意思？」我又重複了一遍。

投票所設在附近的一所小學內，這天比一般的選舉更為熱鬧。就像是參加一場特別的活動，我的心情有點雀躍。和潤也一起進入校園的體育館後，我拿出選舉通知明信片，領了一張圈選單。

我好奇地盯著圈選單。和一般的表單相比，上面滿滿地都是字，列舉了憲法的修正內容，還有填入○×的欄位。我還滿疑惑的，真的有人會把這些字讀完嗎？

我走進圈選區。為了防止圈選區裡的作業被別人看見，圈選檯的四周都以背板圍住，上面貼有憲法修正的內容。我拿著鉛筆，雖然瞬間猶豫了一下，不過馬上就在欄位裡填上「○」。雖然腦中閃過蜜代曾經說過「政治人物和政府最狡猾了」，不過我是贊成這次修正案的。填好之後，我將圈選單摺起來，丟進了投票箱的小孔裡。

放下圈選單的那一瞬間，我突然覺得胸口悶悶的，像是被人壓住似的。圈選單慢慢地落到投票箱底部時，彷彿滲出了一灘令人不舒服的液體，我是否做了無可挽回的決定？這股驚悚令我背脊發涼。但就算我寫下「×」還是有相同的感覺。

用用你的腦，然後做出選擇。我突然想起犬養說過的這句話。同時也想起潤也的大哥以前經常把「用用你的腦」掛在嘴邊。

不知道為什麼，腦海中浮現的大哥的影像和犬養首相重疊在一起，讓我不禁想笑。我想，或許他們倆人很相像吧，接著我開始幻想，該不會是死去的大哥附身在犬養身上了吧。

潤也比我早投完票，在一旁等著我。

那天晚上，家中沒有電視的我們當然和公民投票的開票無緣，也無從得知中途開票結果，事實上我們連有沒有進行開票都不知道，只是一如往常地面對面坐在餐桌前看著書。

「對了，」潤也突然想起什麼事地說：「今天收到這個哦。」一邊把餐桌上的一張明信片拿給我。

那是大學同學寄來的明信片，背面是大學同學和先生在教堂門口拍的照片，上面寫著「我們結婚了」。我感觸良多地想著「結婚了啊」，學生時期的回憶也跟著像順藤摸瓜般一湧而出，令我懷念不已。「我去找一下畢業紀念冊。」我站起身向臥室走去，潤也說：「順便泡杯咖啡吧。」

畢業紀念冊和一些剪報簿都放在衣櫃的最上層，我站到梳妝檯的椅子上，伸長了背。衣櫃的最上層放了許多搬家後都沒碰過的東西，上面積滿灰塵，我不禁咳嗽連連。

應該是這個吧。我拉出一袋東西，卻是一個毫不相干的咖啡色信封，還因為我太用力而整袋掉到地上。

哎呀，我趕緊跳下椅子撿起信封，裡面掉出一本陌生的存摺，換句話說，是我沒見過的存摺。我感到納悶。存摺上寫著潤也的名字，我翻過信封背面時，一顆印章跟著掉了出來。

「是私房錢嗎？」我一邊說一邊伸手拿起存摺。

我不知道自己為什麼緊張，雖然不知道在怕什麼，但拿著存摺的手仍然抖個不停。妳認為會是什麼？我想笑，但卻笑不出來。終於我下定決心，打開了存摺。

裡面幾乎沒有什麼紀錄，只有寥寥幾筆存款，非常乾淨。但是存款金額和餘額卻讓我驚訝到說不出話來。我全身爬滿雞皮疙瘩，腦中一片空白。啊？我伸出食指，想要確認總餘額。我低聲念著個、十、百、千、萬、十萬、百萬，一邊數著零，連續重複了兩次。

「餘額一億兩千五百二十萬圓。」這句話聽起來一點真實感都沒有。「不會吧……」我喃喃自語地說，再數了一次。我試著再念了一次「一億兩千五百二十萬圓」，接著補上「整」字。

每一筆金額都是這一個月內存進去的。這不可能是公司的薪水，那麼是潤也自己存進去的嗎？

他怎麼會有這麼多錢？同時，我一邊猜想會不會是賽馬？當下我幾乎斷定這是賽馬贏來的錢。

一定是賽馬贏來的錢。

潤也具備猜中十分之一機率的能力，能夠準確猜中單勝，只要掌握自己好運的規則，避開超過十四以上的比賽就好。所以即使起初的資金很低，多賭幾次之後，贏得的金額就會慢慢增加。之前我們兩人已經實際體驗過了。雖然投注金額愈大賠率就愈低，不過只要多花一點時間選擇比賽下注，並不是辦不到。就算每次的金額不多，只要多下幾次、多中幾次單勝，就會像之前討論過的「摺紙摺到富士山那麼高」那樣，變成一筆巨款了。

「詩織，找到畢業紀念冊了嗎？」飯廳裡傳來潤也的聲音。我把信封放回衣櫃，離開了寢室。

20

「咦？畢業紀念冊呢？」潤也的表情和平常沒什麼不同。

「沒找到，我們來玩這個吧。」我隱藏自己紊亂的呼息，故作鎮定地拿出剛才看到的紙盒。是剛才關上衣櫃時看見的，裡面裝的是之前和潤也玩過一次的鹹蛋超人橡皮擦，匆忙間我抓了這個紙盒回到飯廳。

「怪獸相撲嗎？好啊好啊，用這個決定誰去泡咖啡吧。」

「好啊。」我打開紙盒，假裝不經意地丟出一個問題說：「潤也，如果有一筆錢，你想怎麼用？」我嚥了口口水，喉頭傳來的聲響讓我更緊張了。

「錢？」

「非常非常多的錢，像是買彩券中了頭彩。」

潤也將視線從橡皮擦移到我的臉上，沉默地看著我。雙眼皮下的眼神十分銳利，既不冷漠，也不熱情。

「前一陣子蜜代說她中了彩券，雖然金額不多，我忍不住想像了起來，如果中了頭彩該怎麼辦？」我無法忍受沉默，急促地說。很擔心自己說著這句憑空捏造的話時，聲音在顫抖。

潤也仍然沉默地看著我。雖然我不覺得害怕，卻感覺自己的內臟和皮膚似乎整個翻轉過來了。我被看穿了。彷彿持續忍受著沉默和嚴厲的眼神長達一個小時之久。「我也不知道。」他說：「我想不出怎麼花錢。」

「但是如果有這麼多錢呢？」事實上就有。不就是你在存錢的嗎？

「妳指的是大約多少錢？」

「多到讓人嚇一跳那麼多。」我是真的嚇了一跳。

「如果是這樣的話，」潤也慢慢地說：「如果是這樣的話，之前妳不是跟我說過嗎？義大利獨裁者被處決的那件事。」他避開我的問題，說了一件毫不相干的事，讓人摸不著頭緒。

「你是說裴塔琪？」

「對。她被人倒吊後裙子翻了過來，有人過去將她的裙子拉好。」

「非常有勇氣。」

「我覺得就算他被激動的民眾所殺，一點也不奇怪。」潤也的聲調雖然不變，卻開始出現危險的字眼，讓我緊張不已。

我只能不停點頭表示贊同。

「不過呀，如果我也在那個現場，應該也會做自己想做的事吧。」

「你是說上前去把裙子拉好？」

「嗯。」潤也斂起下巴。「哥是不會輸給恐懼和周圍的氣氛的。」

「大哥？」

「大哥他沒有輸，也沒有逃走。我也不想輸。」

「為什麼？」

「如果來了一陣凶猛的洪水，我也不想被水沖走，我想變成一棵聳立其中屹立不搖的樹。」

真是語無倫次。我強忍著想哭的念頭。「這和錢有什麼關係？」我問潤也。

「金錢就是力量呀。」潤也瞪大了雙眼，我感到恐懼而倒抽了一口氣，被他的魄力所壓倒。

我努力忍著不叫出聲。面前的潤也看起來彷彿變了個人似的，散發著一股充滿自信和超然能力而自以為是的氣氛，讓我不寒而慄。

突然眼前閃過一陣光。家中的布置、陳設從眼前消失，我看見了一片通紅的荒野，被世界遺忘的恐懼向我襲來，我差一點就要不支倒地。眼前的荒野會不會是潤也造成的？潤也在未來所造成的荒野。

我一個人站在荒蕪的空地上。

「詩織，妳怎麼一臉嚴肅？」潤也笑了起來，我才好不容易恢復正常呼吸，從荒野回到了家中。「我們不是只是在討論彩券的事嗎？」

過了一會兒，我終於能夠開口了。「對呀。」

「不要說這些了，來玩怪獸相撲吧。」潤也皺著眉頭，一如平日沉穩的語氣說道。

我腦中想起了大哥以前說過的話。「雖然一天到晚嘻皮笑臉，但他其實很敏銳的。如果說要做出一番成績，絕對不是我，而是潤也哦。」大哥曾經這麼說過。我連忙把這個想法趕出思緒，不要想了、不要想了。我喃喃念著。這時卻突然聽到耳邊傳來大哥的聲音。「說不定那傢伙是魔王哦。」我頓時背上的寒毛都豎起來了。

收拾好餐桌，我們把紙盒裡的橡皮擦倒了出來，以紙盒的背面當作土俵。潤也立刻翻找著橡皮擦，「我還是選怪獸紅王。」他拿起那個長著大尾巴、看起來很強的橡皮擦說。「應該還有一個怪獸紅王，妳也可以挑那個啊。」

我低聲竊笑了幾聲，從口袋裡拿出剛才在衣櫃角落裡撿到的橡皮擦。「我要用這個。」

「啊！是給姆拉！」潤也驚訝地說。「不會吧，妳在哪裡找到的？」

「我撿到的。」我一邊說，一邊把這隻長得很像大蜥蜴、四隻腳著地的橡皮擦放在土俵上。「用這個一決勝負。」

「哪有這樣的。牠有四隻腳，而且還趴在地上耶。」

「很聰明吧。」我說。四隻腳的怪獸不可能會輸，絕對不會倒，因為牠本來就是已經著地了。

我把給姆拉放在土俵上。潤也心不甘情不願地點點頭，我們便開始以手指敲著紙盒。咚咚咚！盒子發出了清脆的響聲。

兩個橡皮擦左右搖動，有時靠得很近，有時又分開來。我緊盯著橡皮擦，一邊告訴自己沒問題的、絕對沒問題的。雖然不知道潤也想做什麼，但我想相信他。剛才看見的那個令人不舒服的荒野一定只是錯覺。

「你在存錢吧？」我不自覺地問出口。

「啊？」

潤也是為了某種目的而存錢的，這一點我非常確信。所以他才會瞞著我在週末外出，是想要存更多的錢吧。那本存摺裡的金額的確非常大，不過如果想要成為戰勝洪水的樹木，是遠遠不夠的。「你利用賽馬賺錢對不對？」

潤也抬起頭，緊盯著我看，臉上露出「妳已經知道了？」的驚訝表情。我不禁驕傲地想，我也是很不簡單的。

「如果你要迎戰，我也要一起參加。」

「迎戰？迎什麼戰？」

「也就是說，」我在心裡篩選著用字遣詞，「當你要去把裴塔琪的裙子拉好的時候，我也要一起去。」

潤也垂下眼，嘴邊浮現一絲帶著覺悟的清爽，接著平和地看著我。「慢慢來。」他說。「慢慢來，一點一點賺進更多的錢。等待並不痛苦。有時候等上七個小時，根本看不見一隻老鷹。」

「不過老鷹出現的時候很美。」我想起了消失在空中的蒼鷹。

「嗯。」

「沒有問題吧？」

「妳是指哪一方面？」

「各方面。」譬如我和你；譬如改變憲法；譬如「SATOPURA」；譬如大前田課長；譬如《月刊挖耳杓》的銷售量；當我們將翻過來的裙子拉好的時候，是否還能安然無事？我漫無目的地擔心起每一件事情。

潤也敲打著紙盒，露出了跟我們最初相識時不變的祥和微笑，不帶一絲畏懼。「全都不會有問題的，我會處理。」他說。「不信我跟你打賭。」

那一瞬間，我雖然身處在公寓，卻感覺頭頂上的天花板和屋頂都不存在了，只要抬頭向上看，遠方觸不著的藍天就在眼前，空中還有蒼鷹展翅滑翔著。但我卻又突然感受到一陣恐怖，彷彿又要看見剛才眼前出現的荒蕪土地一樣。我連忙緊緊盯著清澈而湛藍的天空。放鬆身體，伸出雙手輕輕擺動，似乎就能飛上遙遠的藍天之中。未來究竟是晴朗，還是荒蕪呢？

不久後，怪獸紅王應聲倒地。潤也不甘願地苦笑了幾聲，不知道向誰辯解似地說：「不過，我一定會贏的。」

不知道大哥過得好不好。我在心裡問著。公寓外不見鳥兒飛翔，卻傳來了一陣鳥鳴。

——完——

解說

如果可以選擇，你會站在哪邊？

曲辰

You may say I'm a dreamer./ But I'm not the only one.

——〈Imagine〉歌詞

看到那張照片的時候，我覺得那一定是故意的。

照片中有兩個小男孩，右邊的男孩略高，兩個人帶著稚嫩的神色嬌憨地向鏡頭咧嘴笑著，各自胸前抱舉著的球棒，朝向不同方向伸展成一個V字形。

這是日本閱讀雜誌《達文西》（ダ・ヴィンチ）二〇〇七年四月號為伊坂幸太郎所做的專題中選的一張照片。

右邊那男孩，是伊坂幸太郎，而左邊，是他弟弟。

看到一對兄弟拿著球棒，身為伊坂幸太郎的讀者，我想，任何人都會想到那句極為精練而讓人難以忘懷的開場語——春從二樓一躍而下。

那是《重力小丑》中的那對兄弟，泉水與春，他們背負著極為悲傷的宿命，但小說仍舊如同小丑無視於重力一般，輕盈地飛翔著。

這次，伊坂幸太郎啟用了另外一對兄弟，而他們所要面對的，卻是遠比宿命更為全面的重力。

《魔王》這本小說在出版單行本之前，曾經在講談社的《エソラ》雜誌上連載，不過作者在寫〈魔王〉的時候似乎並未意識到〈呼吸〉的存在，於是在成書時有大幅度的修改以符合「一本書」的概念。在這種情況下，我不免會留意到兩篇小說的差異或是扞格之處，其中最讓我在意的，就是「敘事者」的變化。

伊坂的小說向來愛使用「第一人稱」——也就是「我」——來說故事，這種方法除了可以拉近讀者對於書中角色的親近感外，還有助於將作者想暗示的情緒植入敘事者的敘述中。

有趣的是在於，伊坂所選擇的敘事者在整個故事而言，往往是處於外側的位置，就好像《家鴨與野鴨的投幣式置物櫃》說到的一樣，「這是他們的故事，而我只是中途加入的配角」一樣，觀察是敘事者唯一能做的，他的作為基本上只能影響故事節奏而無法影響方向，死神千葉這樣、逃到孤島的伊藤這樣、想要復仇的鈴木這樣。

如果按照這樣的邏輯來看前篇的〈魔王〉，那安藤的存在就非常地耐人尋味，我們看到他在小說中與許多人相遇，但回過頭想想，卻好像是繞著某個無形的圓心打轉，以螺旋狀的姿態，透過跟人們的不斷接觸，累加成最後迫使自己站在人群之中與「圓心」

那個人對抗的力量。而後篇的〈呼吸〉以詩織為主述者，但要描寫的似乎又不是潤也，而是圍繞在他們周圍那些被時代的趨勢帶著走的人群與其上的意志。

換句話說，伊坂在這本小說中真正想要討論的，應該是犬養以及其象徵。

犬養毫無疑問地是富有魅力的統治者，他外形搶眼，口才總是滔滔不絕在論述中夾帶著強大的煽動力，他可以看出日本人民們最渴望的是什麼、最想說的是什麼，而應允他們、為他們代言。他號稱要對抗的是日本巨大的派閥、官僚，以及過去的種種。

在雜誌連載的部分，犬養的身影其實更為強大，說出的話語也更多、更富有煽動性與熱情，形象清晰而完整，幾乎就像是伊坂表示說因為希特勒大家太熟悉而轉向描寫的墨索里尼一樣。但在單行本中，這些部分都被裁剪掉了，犬養的聲音被適當地壓抑，但這卻賦予了犬養更令人無法逼視的形象。

如果說犬養代表某種「理想化」後的統治人物（而且還沒有往負面的方向發展），那為什麼小說中隱然對他的統治有種不安的氛圍？就好像「轟隆奔流在身邊的洪流響起的聲響」，讓人想要逃離？

問題便在於，不管那個人物說出的話、做出的事究竟是不是好的，但只要大家盲從、攀附在那個人的意見之上，整個社會就變成一個「均質化」的社會，開始在追求「跟大家一樣」，而在大家都一樣之後，轉而要求「他們要跟我們一樣」。

於是有了法西斯。

其實小說中對法西斯的解釋與政治學上對法西斯的解釋有點不太一樣，但有一點是相同的，就是對於某種權威式的信條深信不疑，並且都會督促自己與身邊的人朝那個目標前進；而不一樣的人就是意圖要危害「我們」的人，那些人理所當然必須要被排除。所以不管美國人還是中國人，只要跟日本人不一樣的，就應該要被趕出去，而站在他們那邊的日本人，除非選擇被收編，不然只能如同安藤一樣，看著青天白雲在死神千葉溫柔的眼神下，消失於世界上。

熟悉伊坂幸太郎小說的讀者也應該不難注意到，《魔王》的確有別於他過去的作品，呈現出相當不同的質地與音調，我們所熟悉的多線敘事這次並未出現，從頭到尾幾乎都相當穩定地照著時序走。

在我看來，這似乎是由於作者所要面對的主題不同而造成形式上的不同，之前伊坂的作品多半有一個完整的故事在背後，為了各種原因而拆解、重組，迫使讀者必須要親身參與、組織成故事原初的面貌。但《魔王》這個故事所要面對的不是一個故事而已，而是橫亙在所有人之上，更為具體、強大的現實世界，因此拆裂時序毫無意義，因為最終所能拼湊出的，是一個我們早就知道的存在，為了凸顯那個存在有多荒謬，伊坂只能靠著無窮盡的叩問來讓讀者理解。

其中最為清晰的線索，就是「超能力」的存在。

安藤所擁有的「腹語術」是個在本質上相當奇特的超能力，能夠讓對方說出自己心中的句子，但對方卻不知道自己曾經說過。如果語言等同於思想，那也就是可以把自己的思想藉由他人的口中宣傳出去，不過說到底，那樣的思想並不是對方真正想過的，直接宣之於口只是徒具干擾而已。不但沒有辦法成為對抗的力量，更可能在組織內形成雜音（所以安藤被其他擁有超能力的人給處決了）。

「想一想」這件事必須要被實行，而不是徒具形式。

這麼說來，安藤「留給」潤也的小小能力其實就格外具有意義，如果選擇的背後代表著思考，而每次的思考都能剛好是正確的，這樣便能累積出一股澎湃的能量，默默地等待著，直到洪水衝來的那一刻，成為那株佇立於其中的樹，並在洪水退去之後，成為某個秩序的道標，進而發展出屬於當時人們的社會形態。

這造成了結尾是那樣安靜的等待，因為只有等待，才能累積力量。

二〇〇五年的八月，日本內閣總理大臣小泉純一郎因為他所推行的「郵政民營化關聯法案」遭參議院否決，因此決定解散眾議院，並不提名反對本法案的三十七名自民黨自家眾議員，派出其實過去與政治關係甚少的「刺客軍團」參與選舉，靠著強打改革牌，最終在九月十一日，自民黨成為國會最大黨。在這種新聞背景下，十月出版的《魔王》單行本理所當然被媒體操作成「預言」當年的大選，並認為書中「影射」了當時小泉的強硬外交與大膽改革。

如果以這種角度來看，其實也可說《魔王》預言了之後的二〇〇九年八月眾議院改選的結果，民主黨以三百零八席大勝自民黨的一百一十九席，而犬養則是影射民主黨代表鳩山由紀夫。不，以這種類比而言，即使是二〇〇〇年的臺灣，民進黨在總統大選中擊敗國民黨，似乎也可以跟《魔王》扯上關係？

與其說伊坂「預言」、「影射」了什麼，我倒認為是他身為作家的資質，穿透了一切事物的表面，發現了某種社會運作純粹的內核，進而將其萃取出來，敷演上小說的色彩，化成文字，而我們再將社會實際的表現套用到他的文字底下的邏輯，直接稱之為「預言」。

這有點像歐威爾當年的《1984》，儘管他只是想要描寫共產黨統治的世界有多麼地令人無法忍受，卻形構出一個日後不斷為人所引用的反烏托邦圖景。

事實上，《魔王》只是一個開始而已，在之後出版的《沙漠》與《Golden Slumbers》中，我們可以看到伊坂對於《魔王》中的提問的擬似解答，特別是幾乎與《魔王》同時動筆同時構思的《沙漠》，書中的「只要願意，即使沙漠也能下起雪」這句話，根本就是安藤意志的延伸。

只不過這些解答並不是一個標準答案，而更近於伊坂給自己的參考答案罷了。

二〇〇九年二月，村上春樹在被通知獲得耶路撒冷文學獎後，不顧日本國內的輿論反對，仍然前往該國領取文學獎，並發表了得獎感言，村上認為：「在高而堅實的牆與一顆要與它相抗衡的雞蛋之間，我將永遠站在雞蛋那一邊。」並且「是的，不管那面牆多麼正當而那顆雞蛋多麼地不正確，我仍會與雞蛋同在。」

如果遇到了類似的狀況，我相信伊坂幸太郎應該會捧著那顆雞蛋，誠摯地請它「多想想」。

然後放手。

作者介紹

曲辰，中興大學中文系博士生。

覺得各式各樣的新書很可怕，只要有人想要給我就會嚇到尖叫，不信你可以試試看。

伊坂幸太郎作品集09

魔王

魔王

作　　者　伊坂幸太郎
翻　　譯　龔婉如
原出版社　講談社
責任編輯　戴偉傑
總 經 理　陳逸瑛
榮譽社長　詹宏志
發 行 人　凃玉雲
出　　版　獨步文化
城邦文化事業股份有限公司
104台北市中山區民生東路二段141號5樓
電話：(02) 2500-7696　傳眞：(02) 2500-1967
發　　行　英屬蓋曼群島商家庭傳媒股份有限公司城邦分公司
104台北市中山區民生東路二段141號2樓
讀者服務專線：(02)2500-7718；2500-7719
24小時傳眞服務：(02)2500-1990；2500-1991
服務時間：週一至週五　上午09:00～12:00　下午13:00～17:00
讀者服務信箱E-mail：service@readingclub.com.tw
劃撥帳號：19863813　戶名：書虫股份有限公司
香港發行所　城邦（香港）出版集團有限公司
新址：香港灣仔駱克道193號東超商業中心1樓
電話：(852) 25086231　傳眞：(852) 25789337
E-mail：hkcite@biznetvigator.com
馬新發行所　城邦（馬新）出版集團Cite(M)Sdn.Bhd.
41, Jalan Radin Anum, Bandar Baru Sri Petaling, 57000 Kuala Lumpur, Malaysia.
電話：(603) 90578822　傳眞：(603) 90576622
E-mail：cite@cite.com.my

城邦讀書花園
www.cite.com.tw

美術設計　戴翊庭
排　　版　浩瀚電腦排版股份有限公司
印　　刷　前進彩藝有限公司

初　　版　2009年（民98）10月
初版九刷　2016年（民105）4月22日
定價　300元
ISBN 978-986-6562-35-8

國家圖書館出版品預行編目資料

魔王／伊坂幸太郎著，龔婉如譯. 初版. -- 台北市：獨步文化：家庭傳媒城邦分公司發行，2009〔民98〕
面；　　公分. --（伊坂幸太郎作品集：09）
譯自：魔王
ISBN 978-986-6562-35-8（平裝）

861.57　　　　98017209

那民主主義就是好的嗎？民主主義殺了多少人？這樣的世界正常嗎？

說不定那傢伙是魔王喔

人生要是少了一股想要改變世界的衝勁，就沒有生存的意義了

熄燈囉

兒子啊，你為什麼遮著臉？

父親，魔王抓住我了

法西斯到底哪裡不好了？

希特勒虐殺了六百萬人啊

如果來了一陣凶猛的洪水

我也不想被水沖走

我想變成一棵聳立其中屹立不搖的樹

不要相信我！
覺醒吧！

蕎今年三十九歲，三十九歲正是墨索里尼取得政權的年紀喔

只要有意志力和金錢，就能推動國家

諸君啊，這股抖擻的
從諸君的未來國度吹來的
透明而純淨的風，感受到了嗎？

熄燈囉

兒子啊，你為什麼遮著臉？
父親，魔王抓住我了

說不定那傢伙是魔王喔

人生要是少了一股想要改變世界的衝勁，就沒有生存的意義了

民主主義就是好的嗎？民主主義殺了多少人？這樣的世界正常嗎？

法西斯到底哪裡不好了？
希特勒虐殺了六百萬人啊

如果來了一陣凶猛的洪水
我也不想被水沖走
我想變成一棵聳立其中屹立不搖的樹

不要相信我！
覺醒吧！

歲今年三十九歲，三十九歲正是墨索里尼取得政權的年紀喔

只要有意志力和金錢，就能推動國家

諸君啊，這股抖擻的
從諸君的未來國度吹來的
透明而純淨的風，感受到了嗎？